울엄니 3

신상득 연작시집

새로운 세상의 숲
신세림출판사

울엄니 3

|프롤로그|

2019년 연작시집 울 엄니 100편을 출간한 뒤 추가로 100편을 완결지은 건 2년 뒤인 2021년 5월이었습니다. 평균 매주 한 편씩 쓴 셈인데, 이 글을 완결 지으면서 이 정도면 필자가 살았던 1970년대 초등학생 시절 이야기는 얼추 마감했다는 생각을 했습니다.

필자가 살았던 곳이 강원도 속초 바닷가이다 보니 바다를 배경으로 한 엄니와 소년의 이야기를 여러 편 썼지만 육성회비, 컨닝, 라디오, 딱지, 동대문놀이처럼 당시를 살았던 사람이라면 누구나 공감할 수 있는 이야기도 다수 서사시 형태로 다루었습니다.

글을 쓰면서 늘 염두에 두었던 것은 크게 두 가지였습니다. 하나는 시가 공감을 뛰어 넘는 감동이 있어야 한다는 것이었습니다. 공감을 얻지 못하는 작품은 자칫 쓰레기로 전락하기 십상이라는 것이지요. 글을 쓴다고 쓰는데 그것이 쓰레기라면 얼마나 가슴 아픈 일이겠습니까? 작품은 최소한 고개를 끄덕이게 하는 공감이 있어야 하고, 그 공감이 감동을 주면 비로소 작품이라는 생각으로 나름 조탁(彫琢)을 거치는데 정성을 쏟았습니다.

다른 하나는 필자가 비록 시를 쓰지만, 이는 시를 쓰는 일과 더불어 역사기록이라는 자존감이었습니다. 1970년대 꼬맹이들의 놀이와 문화, 라디오와 TV 프로그램을 기록해 두면 훗날 서민의 애환을 기록한 역사가 될 것이란 생각을 한 것입니다.

참으로 고마웠던 것은 2019년 울 엄니를 출간할 때 보여주었던 고향 분들의 듬뿍한 애정이, 이번에도 변함없었다는 것입니다. 1권이 출간되었을 때 모교 동기와 선후배는 물론 속초여고 동기와 선후배, 설악고 동기와 선후배들이 열심히 울 엄니를 홍보하고 판매해 주시어 무려 2,000권을 인쇄하는 개가를 올렸습니다. 책을 점점 멀리하는 시대에 이는 참으로 감격이라 할 것입니다.

특히 한 고교 선배로부터 "후배님 글을 읽고 집사람이 어머니 생각에 눈물을 흘리더군. 좋은 글 써 줘서 고마워."라는 말을 들었을 때 '좀 더 정갈하게 쓰자', '좀 더 사람냄새 나게 쓰자'고 스스로를 다독였습니다. 한 후배가 "어쩜 그리 옛날 기억이 또렷한가요?" 물으면 "기억도 기억이지만, 당시 사료를 찾고 뒤지는 일을 열심히 하는 것."이라고 웃어주었습니다.

필자는 이번 울 엄니 시리즈를 '울 엄니3 편'으로 내기로 했습니다. 2019년 출간한 '울 엄니'에 100편을 게재하다 보니 책이 400쪽에 이를 만큼 너무 두껍고 무거웠습니다. 그래서 이번 에는 50편만 수록하기로 했는데, 그러다 보니 앞서 낸 100편은 당연히 1,2편이어야 했던 것입니다.

'울 엄니3'에 50편만 수록하는 대신 조영길 화백의 그림을 되도록 많이, 크게 넣고자 하였습니다. 어릴 적 기억을 회고해 글을 쓰는 필자와 달리 조 화백은 어릴 적 기억을 각각의 한 컷 그림으로 머리에 새겨두고 있었습니다. 그 놀라운 그림은 속초 출신이 아니라면 도저히 그려낼 수 없었기에 기록의 가치가 소중하다 할 것입니다.

나아가 조 화백의 그림은 시에 삽입하는 그림, 곧 삽화(插畵)가 아니라는 것입니다. 그림과 글이 공존하는 공저(共著)이기 때문입니다. 이렇게 그림과 글이 함께 수록된 연작시집은 국내에서 유래를 찾아보기 어려운 시도라 할 것입니다. 이는 조 화백과 필자가 갖는 자그마한 자부심이기도 합니다.

한편, 이 책 출간에 물심양면 도움을 주신 황학수 전 헌정회 사무총장, 한반도통일지도자총연합 이상진 중앙회장, 한국무형문화재진흥재단 김기상 이사장, 화신이앤비 선윤관 회장, 늘푸른시낭송회 석영자 회장, 건설기술연구원 김석구 박사, 전국도시철도협동조합 정연수 이사장, 속초고등학교 동창 최정수, 놀라운 발명가 김도원 목사, 속초등학교 전 재경회장 강광원 님께 심심한 감사를 드립니다. 또 김영길 송삼용 김용진 김철 김영기 김원국 최원복 길성현 강문 등 속초고등학교 선배님들, 속초고교 28회 재경동창회장 김영수를 비롯한 동창들, 속초고 재경총동문회장 김수호를 비롯한 동문회원들, 속초여고 재경동창회장 최순복을 비롯한 동문회원들, 속초시민회장 박윤종을 비롯한 회원들, 일일이 거론하지 않아도 깊이 소통하는 지인들게도 고마움을 드립니다. 특히 본 시집에 추천의 글을 써주신 전 세계일보 문화부장이자 시인 박정진 선배, 본 시집을 출간해 주신 신세림출판사 이혜숙 대표와 편집주간 이시환 시인, 편집 팀에게도 깊은 고마움을 전합니다.

2024. 12. 공동저자 신상득 - 조영길

신상득 시인의 시집에 실린 50편의 시를 읽노라면, 60년대에서 80년대 속초를 중심으로 전개되는 대한민국 풍속화(風俗畵)를 보는 기분이다. 가난하고 어려웠던 시절, 특히 북한에서 여러 이유로 월남한 피란민들이 주로 모여 살았던 3.8선 접도구역은 다른 지역보다 더 처절한 삶의 현장이었을 것이다.

지금은 옛이야기가 되어버린 시절의 삶을 기억의 창고에서 불러내어 걸쭉하게 읊어대는 솜씨는 때론 페이소스를, 때론 한바탕 웃음을 자아낸다. 여러 시편들의 저류에는 항상 '울 엄니'가 숨어있다. 그리고 '아바이'도 심심찮게 등장한다.

울 엄니 말씀처럼
험난한 세상살이
모를수록 험난할 수밖에 없으니

우리 그 시절
육성회비
열심히 내고 잘 배웠으니

이제 더 이상
당하지 말고 살아야겠어요
당하지 말고 당당히 살아야겠어요

　　　　　— '육성회비' 중에서

우리 시대의 어머니는 오직 자식 배불리 먹이고 공부 잘해서 출세하는 게 꿈이었다. 그러나 초등학생들은 육성회비를 낼 돈이 없어서 아침마다 등교할 때는 집안에서는 어머니와 아이들의 실랑이가 큰 소리로 오가기 일쑤였다. 또 상급학교인 중고등학교에 들어가면 등록금 마련이 집안의 큰 근심거리였다. '노가리'는 등록금 마련의 원천이었다.

노가리 다 마르면 덕장에서 내려

다시 싸리나무에
스무 마리 한 두름씩 끼우는 관태(貫太) 작업

부모 도와 노가리 일하랴
학교 다니면서 공부하랴
중고생들 비린내 맡으며 많이들 허덕였죠

그땐
노가리가 밥이었지

그랬어요
울 엄니 말씀대로
노가리는 밥이요 아이들의 미래였어요

걸어 말린 노가리 팔아
보리쌀도 사고
학교 등록금도 마련했으니까요

           ― '노가리' 중에서

집집마다 쌀이라고는 찾아볼 수 없는 꽁당보리밥을 먹는 시절, 그래도 가장인 아버지의 밥상에는 쌀이 제법 많이 섞여 있었다. 아이들은 아버지가 밥을 남기기를 기대하면서 눈치보고 수군대면 어머니는 눈치도 없이 아버지에게 마저 드시라고 권하기 일쑤였다.

납작보리 삶는 냄새부터 역겹고
한 숟가락 입에 털어 넣으면
입안에서 알알이 굴러다니며 따로 놀았다

빈궁한 살림살이 쌀밥은 꿈도 못 꾸고
솥 한쪽 귀퉁배기에
울 아바이 드릴 쌀 조금 얹어 밥하는 게 고작

아이들 밥은
꽁당보리밥에서 쌀 골라낼 수준이니
꼬맹이들 아바이밥 먹고 싶어 매 끼니 안달복달

이건 아버지 밥!
이건 니 거!

울 엄니 부엌에서 밥 푸시며
일일이 밥그릇 주인 알려 주시면
소년 쟁반에 담아 둥그런 안방 식탁에 올렸다

울 아바이 식사하시다가는 으레
다 드시지 않고 절반쯤 남기시면
울 엄니 아바이 향해 마저 드시라고 보채기 일쑤

소년 쌀밥 얻어먹을 잔꾀로
흘끔흘끔 울 엄니 눈치 살피다가
아바이 수저 내려놓기 무섭게 낚아챘다

— '꽁당보리밥' 중에서

시와 산문의 경계를 넘나드는 시인의 걸쭉한 서사를 기조로 이번 담시(譚詩)집은 이제 기억
의 저쪽으로 사라진 60~70년대의 우리네 생활의 생생한 기록들이다. 이 시집의 네러티브

(narrative)는 시의 폭을 훨씬 확장하는 성격을 갖고 있다. 어쩌면 속초 판소리의 훌륭한 대본, 제목은 '아바이 엄니'로 만들어도 좋을 것 같다는 생각이 들었다. '속초 판소리'의 훌륭한 대본이 될 것을 의심치 않는다. 시는 본래 짧은 구절 속에 많은 내용을 담는 장르이다. 그러나 본래 짧은 시가 있기 전에 담시도 함께 있었다. 시는 다양할수록 좋다. 신상득 시인은 새로운 담시를 선보이고 있다고 보인다. 신상득 시인의 발전을 기대해본다.

- 2024년 12월 박 정진(예술인류학 박사) 씀

|목차|

육성회비   – 울 엄니 101

칠공 년대
소년 국민학생 시절
매달 육성회비 내야 했어요

일 학년 때는 백 원
오 학년 때는 이백 원
육 학년 때는 삼백 원

다들 빈한하다 보니
우리 반 정원 예순일곱 명
또박또박 내는 학생은 절반 수준

조회 때마다 미납자 불러내
언제 낼 거냐며
담임선생 호되게 닦달했어요

심지어 육성회비 가져오라고
집으로 보내는 바람에
꼬맹이들 수업 빼먹기도 예사였지요

소년 사 학년 때
담임은 여교사
전문교육대학 마치고 부임한 초임

교장 독촉에 어지간히 볶였나 봐요
미납자 일일이 불러내

부모께 약속 날짜 받아오라 족치고

날짜 어기면
집으로 보내
약속 날짜 다시 받아 오게 하고

날짜 계속 어기면
팔뚝 꼬집으며
이 노무 새끼 저 노무 새끼

집에
돈이 없어요

이런 배알티
목구멍에 가득 찼지만
차마 말 못하고 눈만 잘끈 감았지요

소년 알고 있었어요
꼬집히든
집에 다녀오든

어떡하든 한 학년만 넘겨
담임 바뀌면
전 년도 분 일절 독촉하지 않는다는 사실을

집에 가본들 돈 없음 알아
영랑호 다리 밑에서 놀다가
약속 날짜 거짓말하고 때 되면 짐짓 꼬집혔지요

가을 되면
어서 한 해 가라고
달력에 가위표 하며 빌었는데

훗날 알고 보니
육성회비
자진 협찬금이었어요

꼬집힐 이유도
수업 빼먹고 집에 가야할 갈 이유도

전혀 없었던 게지요

몰랐던 거예요
무지한 부모 누구 하나
자진 협찬 사실 모르니

교사들이
아이들 괴롭혀
협찬금 강취하다시피 한 것이에요

가난한 시절
학교 운영하려면
마땅히 돈 필요했겠지만

교사 자식들은
아무도 내지 않았으니

어찌 부아가 나지 않겠어요

긴 세월 지나
육성회비는 폐지됐지만
지금은 또 어디에 주머니 털리는지 모를 일이에요

협찬금이란 걸 누가 알았겠니?
그때나 지금이나 모르면 당하는 거지

울 엄니 말씀처럼
험난한 세상살이
모를수록 험난할 수밖에 없으니

우리 그 시절
육성회비
열심히 내고 잘 배웠으니

이제 더 이상
당하지 말고 살아야겠어요
당하지 말고 당당히 살아야겠어요

2019. 2. 1.

---

*배알티=반항심

16

컨닝

인생살이에 학교 성적이
무에 그리 대수일까마는
칠공팔공 년대 학교에서는
성적 저조 이유로 끔찍한 매질 허다했다

책상 위 무릎 꿇리고 허벅다리 패거나
엎드려뻗치게 하고 넓적다리 후리고
단단한 물컵으로 머리 찍거나
대나무 자를 세워 손등 손가락 타격했으니까

공부 잘 하는 꼬맹이는
성적 떨어진다고 꾸중
공부 못 하는 아이는
성적 오르지 않는다고 혼쭐

개중에도
전 학년 꼴찌 반이라고
모두 얻어터지는 건
도대체 억울하기 짝이 없었다

학교에서 볶아치니
학생들 성적 올리려 안간힘 쓰면서도
공부는 싫고 벼락치기 신통치 않으니
소위 컨닝이라는 교묘한 수법 동원하기 일쑤였다

컨닝하려는 학생과 이를 막으려는 교사

첩보전 방불케 하는 지략 대결
곁눈질로 컨닝하는 학생
책상 가운데 책가방 올려놓도록 해 막고

컨닝 페이퍼 준비한 학생
희번덕거리는 눈길로 제어하고
책상에 빼곡히 써놓는 학생
일제히 자리 옮기게 해 무력화시켰다

상상 초월하는 계책
끝내 추적하는 대책

고무줄에 페이퍼 매달고 잡아당겨 컨닝하다가
교사 오면 슬그머니 놓아
소매 사이로 빨려들게 하는 남학생
들춰볼 수 없도록 치마 속에 장착하는 여학생

심지어 대학입시 대리시험이나
첨단기기 이용한 부정행위까지
다들 어설피
긴 꼬리 끝내 걸려들고야 말았다

눈알 돌아가는 소리 들린다!

국민학교 시험은
꼬맹이들 잔꾀 굴려 본들
고작해야 곁눈질로 훔쳐보기 수준

재치 있는 담임
눈알 돌아가는 소리로 으르고
대개는 책가방 올려놓으면 그만이었다

니가 일등이라며?

학교 수업 듣는 것 말고는
거의 공부하지 않던 소년
일 학년 이후로 일등 해본 적 거의 없는데

사 학년 연말고사 이튿날 등교하니
전교 일등 거의 놓치지 않던 엄한진
알 수 없는 소릴 뇌까린다

어디서 무슨 소릴 들었는지
어떤 근거로 하는 소린지
도무지 알 수 없어 멀뚱거리는데

녀석 입 이죽거리고 노려보며
자기 것 다 훔쳐봤다고 우긴다

보지도 않았고 볼 수도 없는 거리인데

녀석 빈정거림
그날 오후까지 이어지는 동안
내막 연유 몰라도 일등이면 좋겠다 싶었다

하지만 막상 발표되고 보니
녀석이 일등 소년은 삼등
컨닝했다는 오판 불구 못내 서운했다

해프닝 고요히 막 내렸고
얼마 뒤 오 학년 올라
군인 아버지 따라 녀석은 원주로 전학을 갔다

삼 학년 때 주산 이 단
소년더러 주산 같이 다니자던
전교 일등 좀처럼 놓치지 않던 수재

그 후 어디서 무얼 하고 사는지
근황 들은 적 없지만
머리칼 희끗거리니 푸드득 보고프다

귀가 순해지면
모든 게 움츠러들건만

유독 그리움이 날개 치는 건

굴곡 심한 삶이
평탄한 삶보다
더욱 아름답기 때문이리라

즐겨 쓰시던 울 엄니 말씀처럼
골짜기 험할수록
경치 더 좋은 법이니까

친구여 다시 만나면
잘 살았던 정답 골라
서로 보여주기 컨닝 한 번 해보지 않을 텐가?

2019. 2. 11.
_____

*컨닝='커닝(cunning)'의 비표준어, 영어에서 커닝은 '교활한'이란 의미이고, 시험
에서 부정행위는 '취팅(cheating)'이라 표기해야 하나, 다들 습관처럼 잘못된 영어
커닝을 컨닝이라고 잘못 쓰고 있다.

추어탕 - 울 엄니 103

미꾸라지 잡아 오면
추어탕 끓여 주마

칠오 년 초여름 울 엄니 말씀에
스물한 살 큰 형과
형 친구들이 앞장서 채비를 한다

얕은 개울에서 물고기 몰아 잡으려면
그물 양쪽 끝에
기다란 막대 손잡이 매단 반두가 필수

미꾸라지 담을 양동이
도랑 들쑤실 굵다란 장대 하나
개울 원상회복에 쓸 삽 두 자루

육 학년 소년
호기심에 따라 나선
미꾸라지 잡으러 가는 길

큰 형이 모는
리어카에 탄 소년
바람 싱그러우니 콧노래 절로 인다

노래 한 자락 불러 봐라

목 조각 배우는

섬세한 큰 형 주문에
주저함 없이 목장의 노래 열창한다

흰구름 꽃구름 시원한 바람에
양떼들 풀 파도 언덕을 넘는다
달콤한 흙 내음 대지의 자장가
송아지 나무 아래 낮잠을 잔다

부르자 라라라라 목장의 노래
벌판마다 초록빛 사랑 꽃 핀다

한 곡 더 읊어 봐라

오 학년 담임께 배웠다는
아 목동아
큰형과 어울려 부르는 흥겨움

아 목동들의 피리소리 들은
산골짝마다 울려나오고

여름은 가고 꽃은 떨어지니 너도 가고....

큰형이 다녔던 고성 인흥국민학교 근처
부지불식간 금세 도착하니
논두렁 사이 개울로 잔잔한 풍요가 흐른다

큰형 친구들 반대편에 반두 받쳐 세우고
발길로 구석구석 밟으며
장대로 쑤셔 물길 휘저으니

미꾸라지 옹고지
이름 모를 물고기
들어 올릴 때마다 반두에서 파닥거리고

개중 가장 매끄럽고 굵직한
미꾸라지 양손으로 움켜
준비해간 양동이에 우르르 쓸어 담았다

거머리다

미꾸라지 잡느라 여념 없다가
개울에서 올라오는 큰형 장딴지에서는
수도 모를 거머리 새카맣게 달라붙어 피를 빨고

손으로 떼어 내니
종아리로 시붉은 선혈 주르륵 흐르나

큰형 대수롭지 않게 개울로 다시 들어간다

세상에 공짜가 어디 있다더냐?

리어카 타고 귀가하는 길
피의 대가로 먹을 추어탕
핏값이나 나올까 모르겠다며 너스레

집에 당도하니 울 아바이
미꾸라지 소금물에 넣고
빨래하듯 움키니 지랄용천하며 거품 토했다

스무 마리 골라 솥단지에 넣고
불 지펴 서서히 달아오를 즈음
두부 던져 넣으니 모조리 그 속으로 파고들고

한참 뒤 두부 꺼내 칼질하니
두부와 미꾸라지 어우러진 요리
아바이 간장 찍어 드시며 소주 털어 넣으셨다

그 사이 울 엄니
미꾸라지 갈아 넣은 육수에
고추장 막장 들깨 마늘 넣어 푹 끓여내니

둘이 먹다 하나 죽어도 모를 맛
땀 뻘뻘 흘리며

두 그릇 뚝딱 해치우고 배 두드렸다

그 후 나이 들어 방방곡곡
울 엄니 끓여주신 맛 찾아
내로라하는 곳 두루 다녔지만 볼 수 없었다

미꾸라지 통째 끓이거나
들깨 양념으로 맛내고자 애써도
울 엄니 맛 찾는 건 끝내 불가했다

울 엄니 추어탕
그 맛은
대체 어디에서 찾을 수 있을까?

농약오염으로 국산 거의 사라지고
중국산 활개 쳐
질 좋은 미꾸라지 없는 게 이유이리라

그러나 그보다는
모두가 흘린
정성스러운 땀 맛을 잃었기 때문이리라

자식들은 미꾸라지 잡아 오고
아바이는 소금 뿌려 해감에 나서고
거기에 울 엄니 사랑 가득한 손맛 있었으니까

나이 먹어 입맛이 변했는지
옛 맛이 안 나는 구나

예순 중반 울 엄니
세상 뜨시기 일 년 전
갓 결혼한 소년 부르시어

재래시장에서 사 오신
국산 미꾸라지로

추어탕 끓여 내실 적

동생들 맛있다
게게 소리치며 먹었지만
소년에게도 옛 맛에 이르지는 못하였다

노래 부르며 걷던 길
장부기개로 뒤흔들던 개울
반두에서 파닥거리던 물고기

그 어떤 맛을
이리 간절히 정든 맛에
어찌 감히 견줄 수 있으리

그 어떤 진수성찬을
이리 애틋이 익은 맛에
어찌 함부로 비할 수 있으리

게다가 부모 형
모두 세상 뜨신 마당에
이리 추억 서린 맛 어찌 당해낼 수 있으리

2019. 2. 15.

라디오 시대   – 울 엄니 104

소년이 라디오 처음 접한 것은 여섯 살
옆집 사는 친구 정일용네
벽에 걸린 스피커에서 흘러나온 노래 덕이다

울 엄니께 무엇인가 여쭈었더니
라디오 연결한 스피커라 하시고
며칠 뒤 선주 집 데려가 보여 주셨다

조그마한 기계에서 나오는 목소리
신기해 까닭 여쭈니
아바이 가라사대 난장이들이 속에 있다 하신다

그로부터 삼 년 뒤 트랜지스터라디오
호기심에 뒤판 열어 보니
푸른 기판과 로케트 건전지

방송국에서 송출하고
라디오가 받아
소리 낸다는 사실 전과에서 훗날 읽었고

수신 상태 좋지 않아 지지직거릴 적
안테나 위치 바꾸면 잘 들려
막연하나마 이해 소통 가능했다

채널이라고 해봐야 KBS MBC 뿐
전파 잡으려 채널 돌리다 보면

일본 북한 방송 잡혀 한참을 엿듣기도 하였다

그나마 잡음 가시고
편안히 듣게 된 것은 칠오 년 이후
라디오 보급률 백 프로에 이르렀을 무렵

아바이 새벽 일기예보에 귀 기울이거나
보망(補網)하면서는 흘러간 노래 들으셨고
소년은 오후 다섯 시 무렵 어린이 연속극 즐겼다

달려라 마루치 날아라 아라치
마루치 아라치 마루치 아라치
태권동자 마루치 정의의 주먹에
파란해골 십삼 호 납작코가 되었네

국민학교 사 학년 때부터
MBC 연속극
'마루치 아라치' 즐거이 들었다

악당 두목 파란해골 십삼 호
그의 부하 팔라팔라 사령관
정의를 위해 이들과 맞붙는 아슬아슬한 싸움

매일 오후 다섯 시 오십오 분부터
오 분 간 나오는 마루치 아라치
소년이 태권동자라도 된 양 의기양양

감성 쑤석거리는
연재만화 같은 이야기에
꼬맹이 푹 빠져 허우적거렸다

마루치 아라치 얼마 뒤
애니메이션으로 제작 인기 끌었으나
중학생 소년 눈길 끌어당기지는 못하였다

빨강 파랑 노랑 무지개 마을
이야기보따리가 무지개 타고 오네

비슷한 시각 KBS에서는
동화 같은 이야기
'무지개 마을'이 매력덩어리였다

동화 전설 민화 아라비안나이트
국내외 작품 가리지 않고
이야기 각색한 십 분짜리 단막극

기발하고 산뜻하고
놀랍고 지혜로운 작품

무르익어 가던 꿈이 불쑥 자랐다

재밌고 흥겨웠지만 채널 두고 고민
다섯 시 오십 분 시작하니
오 분 늦은 마루치 아라치는 어떡하리오

무지개 마을 듣다가
재미없으면 마루치 아라치 들으렴

울 엄니 제안에도 불구
연속극과 단막극 사이에서
오락가락 갈등한 시간은 제법 길었다

라디오 프로그램이 비단 그 뿐이었으리
등교하기 전 일곱 시 오십 분
여지없이 흐르던 드라마 '즐거운 우리집'

안녕하세요 안녕하십니까
인사를 나눕시다 명랑하게
일 년은 삼백육십오 일

집집마다 울려 퍼지던
상수 상희 착한 남매
단란한 가족 해맑은 아침 드라마

일 년이 삼백 육십오 일인 줄

그때 처음 알아
옥수수빵 걸린 퀴즈대회 일등도 먹었다

낮 열두 시 오십오 분
반공 드라마
'김 삿갓 북한 방랑기'

풍류시인 김 삿갓 등장시켜
가상으로 여행하며 북한주민 비참한 실상
낱낱이 고발하면서 사행시 풍자로 마무리

군사정권 유지하려 발버둥이치며
북한을 짐승 취급하던 술책
고스란히 드러낸 KBS 오 분 드라마

연출 이상만 출연 오정한 신원균
걸쭉한 목소리 얼마나 멋지던지
'이고 진 저 늙은이' 시조 낭송 흉내도 냈다

강진 갈가리 사건으로 시대 주름잡으며
칠사 년 사 월부터 방영된 '법창야화(法昌夜話)'

매일 오후 여덟 시 사십 분 범죄물

목 자르고 얼굴 가죽 벗기던
삼구 년 시 월 일제강점기 살인 사건을
칠공 년대 사건으로 위장해 전국 발칵 뒤집었다

현재를 사는 사십 대 이상이라면
갈가리 찢는 삭막한 사건
모르면 간첩이랄 만큼 인기 드높았으나

변희봉의 실감나는 전라도 사투리
예향 고장 강진을 흉흉한 도시로 왜곡시킨
드라마 작가 최풍의 허풍은 실로 끔찍했다

밤 열 시 오 분부터 두 시간 동안
청소년들 흥분시켰던
심야 음악 방송 MBC '별이 빛나는 밤에'

엽서에 적어 보낸 사연 읽어 주고
듣고 싶다는 곡 틀어주는 방식
인기 디제이 이종환이 직접 제작 진행 맡았다

이현명 군이 보낸 엽서입니다
속초 사는 친구 선영복이랑 듣고 싶다네요
김세화가 부릅니다 '내 노래에 날개가 있다면'

사연 곡목(曲目) 함께 듣고 싶은 사람
엽서에 사연 보내
은근슬쩍 사랑 고백하는 코너로 각광 받았다

테레비 그거 못 쓰겠다
일을 못하겠으니 말이다

중학교 삼 학년 때
큰형 사 오신 십칠 인치 흑백텔레비전
울 엄니 보시다 시큰둥해 뱉으신 말씀

늘 바쁘신 울 엄니
눈 귀 모두 주어야 하니
귀만 주는 라디오가 훨씬 편했던 게다

국민 귀 사로잡던 라디오
텔레비전에 인터넷에 밀려났지만
운전자 등에게 여전히 인기 구가하고 있다

글 읽으면 영상 음성 상상하지만
라디오 들으면 영상 상상하지만
텔레비전 보면 상상력은 그만치 사라진다

상상은 또 다른 상상을 낳고
또 다른 상상은 창의로 빛나니
상상 주는 매체에 집중하는 게 바람직하건만

요즘 디지털 시대 살면서
전화번호도 모르고 길도 모르고
모두 기계에 포박당해 바보처럼 밀려나고 있다

머릿속 파란해골 십삼 호
애니메이션 보고 실망하듯
상상력이 어처구니없이 몰수당하는 시대

뒤쳐지는 듯해도
영상 상상 훨씬 풍성한
라디오 시대가 그저 그리울 뿐이다

2019. 2. 9.

감 – 울 엄니 105

아득한 칠팔공 년대 감 익어갈 적
울 엄니 따라 시골 가면
사촌 이모부 나무 아래에서 한참 살피다가

끝 쪼개진 작대기로
나뭇가지 분질러 내려
발그레 매달린 감 네댓 개 쥐여 주곤 하셨다

가난하던 터라 잘 익은 감은 언감생심
조물조물한 꼬맹이 손에
미처 익지 못한 떫은 감 주어지기 예사여도

거저 얻어먹는 알뜰한 재미에
종종 들러 고개 숙이면
변비 생길만치 며칠 푸짐히 먹을 수 있었다

익어 갈 때가 좋은 거야

사나흘 탈삽(脫澁)하는 동안
기다리기 지루해 구시렁거리면
울 엄니 알 듯 모를 듯 이렇게 일컬으셨다

무심히 흘려들었던 그 말씀
새삼 떠올린 것은
울 엄니 그 나이에 접어든 근래 일

과일도 익으면 으레 손 타기 다반사이고
사랑도 익으면 일쑤 헐겁기 십상이고
사람도 익으면 응당 고부라지게 마련이니

익은 것보다야
익어가는 게
한결 낫지 아니한가

아직 미숙하거든
완숙으로 가고 있음이요
아직 어리석거든 깊이 예지(叡智) 배우는 중이요

심지어 세상마저도
설익은 자들의 소굴이니
어르고 달랠 뿐 어찌 탓할 수 있으리오

익어 갈 때가 좋은 거야

2019. 7. 11.

눈깔사탕

초등학교
이 학년 시절
배고픔에 지친 어느 날

무슨
생각이었는지
느낌이었는지

구멍가게 뛰어들어
사탕 훔쳐
부리나케 달아나다가

검정고무신
벗겨지는 바람에
가게 주인께 잡히고 말았다

손 내 봐

사탕 쥔 조막손
꺼내 펼치니
댕가당 눈깔사탕 두 개

눈 희번덕희번덕
사탕 빼앗고는
아주머니 호통치며 가라 이르고

꼬르륵거리는
뱃소리 들으며
소년 터덜터덜 걷는데

굶주림 너머에서
도둑놈이란 자책이
몹시도 아리게 엄습해 왔다

울 엄니 말마따나
바늘도둑이
소도둑 된다는 속담 있지만

눈깔사탕 하나라도
팔아야 먹고 사는
딱한 형편이었겠지만

혼쭐내고는
사탕 두 개
거저 줄 수는 없었을까?

꼬맹이
여린 마음
다독일 순 없었을까?

거친 세상
고마움 추억하며

평생 살게 할 순 없었을까?

눈깔사탕 빠는
손주딸 보는 내내
뻐근한 가슴이 더욱 저미는구나

오오
연유 모를
퍼주는 병에 걸려
식구 괴롭힌 둔자(鈍者)의 미련이여

2019. 7. 16.

딱지

- 울 엄니 107

종이 접어 만든 종이딱지
만화 캐릭터 그려 넣은 그림딱지
언뜻 떠오르는 이런 만만한 딱지들

딱 어울리는 마땅한 놀이
딱히 없던 시절
따먹기 놀이 따르르 즐겼다

게 등껍질은 게딱지
답삭 붙어 다니는 건 껌딱지
코에 말라붙은 건 코딱지
상처 피부에 말라붙은 건 헌데딱지

조금 자라면서는
이런 갖은 딱지 두루 고루 접하고 살았다

맘에 드는 간나한테 퇴짜 딱지도 맞아 보고
초중등 신분에서 탈피 딱지도 떼여 보고
딱지와 더불어 흠뻑 따부락거리고 살았다

교통 범칙금 스티커
그 놈의 딱지는 왜 그리 뿔따구니 나던지
귀퉁배기에 숨은 경찰 꼬락서니 게걸스러웠다

딱지는 다 어쩌고 빈손이냐?

칠사 년 여름 애써 접은 종이 딱지
탈탈 털리고 귀가하던 오학 년 소년
울 엄니 말씀에 서러움이 발쪽발쪽 북받쳤다

돌이켜 보면 그나마 재개발 아파트 입주권
그 놈의 딱지
이제껏 한 번 사거나 판 적 없어 다행이다

배짱 용기 없어서
그만한 돈 없어서
그래선 안 된다는 철학이 다행이다

딱지 치고 살다가
헌데딱지로 고생하다가
온통 딱지 인생 될 수도 있었으니 말이다

게딱지 껌딱지처럼
코딱지 헌데딱지처럼
자칫 추레하게 취급 받을 수도 있었으니 말이다

딱지는 다 어쩌고 빈손이냐?

2019. 7. 18.

––––––––––

*따부락거리다=작은 눈알을 이리저리 빠르게 굴리다

딱지치기

딱지 칠래?

칠공 년대 꼬맹이 둘
의기투합하면
종이딱지 대여섯 장씩 들고 나와

왼손아귀에
크기별로 줄 세워 쥐고는
호되게 후려치며 딱지치기 여념 없었고

두 녀석이 판을 깔면
너도 나도 기웃기웃
뒤질세라 짝을 지어 딱지치기 열 올렸다

붙어!

공책 표지나 달력 종이 모아
골고루 딱지 접어 수북이 쟁일 적
구하기 만만한 종이는 공책

속지는 곱게 구겨
똥간 휴지로 쓰고
두꺼운 표지는 굳건한 딱지로 접었으나

뭐니 뭐니 해도
큰 딱지로 접을 수 있는

시멘트나 밀가루 부대 종이가 으뜸이었다

오빠 나랑 할래?

우리 동네 친구
철민 동생 철남은
남자 딱지 거반 따먹는 여걸이었다

딱지 가장자리 겨누어
곧바로 내리치는
직타(直打)에 능한 것은 물론이요

딱지 옆에 발을 갖다 대고
휘감아 쳐 뒤집는
바람치기까지 아주 능했으니

남자애들 씩씩거리며
이기면 왠지 쑥스럽고
지면 차마 가련하였다

좋아 붙어!

사학 년 겨울 어느 날
철남과 더불어
그로부터 내리 사흘 딱지를 쳤다

따고 잃기를 수십 차례
세차게 딱지 치다가
손톱 땅바닥에 부딪쳐 선혈 흐르고

추운 날씨에 손등 부르터
안티프라민 발라가면서도
끝내 승부 가리지 못하니

꼴에 사내라고
분을 삭이지 못해
씩씩거리는데 울 엄니 말씀 귀를 파고든다

여자 우습게보다간
큰 코 다친다

남녀는 세상살이 역할이 다르다고
세상은 사내가 주도하게 마련이라고
사는 내내 주장하며 고집스레 살았건만

지난 시간 반추하면
여성에게 당한 일
셀 수조차 없이 늘비하더라

머리 좋은 여성에게
성적 뒤지는 건
어쩔 수 없다고 치더라도

힘으로 기술로
대등하게 겨루고도
큰 코 다친 적 허다하더라

에고 창피해

3대 21
탁구 선수 출신
국민학교 후배 여학생에게 완패

2대 15
배드민턴 동호회
아주머니 회원에게 참패

힘으로 얼마든지 우월하다 여겼건만
우왕좌왕할 뿐
제대로 가눌 수조차 없었다

여자 무서운 줄 모르고
껄떡거리다가
호되게 당한 가엾은 꼬락서니

여자 우습게보다간
큰 코 다친다

어디 그뿐이랴
사법고시에서도
행정고시에서도

골프에서도
양궁에서도
여성 파워가 거세게 출렁이니

울 엄니 말씀 재차 새겨
우쭐거리지 말고 살자고
고개 조아리고 살자고 마음먹었다

어느 여성이
딱지치기 하자고 하면
같은 편 먹자고 배시시 웃어넘겼다   2019. 7. 21.

그림딱지   – 울 엄니 109

종이 접어 만든 딱지가
양민이라면
그림 인쇄한 그림딱지는
귀족이었다

그림이 인쇄된 종이 마분지(馬糞紙)는
말 그대로 말똥(馬糞) 종이(紙)
짚을 주원료로 만든
질 낮은 싸구려 똥종이였다

육공 년대 중후반 선을 보인 그림딱지에는
화투장보다 작은 직사각형으로
전투기 군함 탱크 컬러 그림에
작대기 하나부터 별 다섯까지 계급이 범람했고

두꺼운 마분지에 인쇄된
그림 종이 사서
가위로 정성껏 오려야
비로소 사각 그림딱지 손에 들어왔다

하지만 그림딱지 절정은 역시 둥글딱지
아톰 황금박쥐 같은 만화영화 그림에
가장자리에는 수효가 다른 금빛 별이 도열하고
그림 위에는 다양한 만화 글씨가 올곧이 새겨졌다

둥글딱지는 컬러가 선명
지질이 맨질맨질
기계로 칼집을 내
오리지 않고 뜯을 수 있어 편했다

칠공 년대 그림딱지
새 것 값은 스무 장에 오 원
스무 장이라고 해 봐야
따먹기 하면 찰나에 털리기 예사

친구에게 십 원 주고 사면
일일이 세지 않고
새끼손가락 손금 간격 기준
뭉텅이로 재 에누리 없는 백 장 척척 건넸다

나랑 편 먹자
그래 알았어

벼락이 꽈르릉거리는
어느 여름 비 오는 날

행용이네 처마 끝에 쪼그려
오 학년 소년 동네 친구랑 그림딱지 붙었다

공부는 뒷전이나
그림딱지 놀이는 최고수
여간해서 못 이기는 녀석에게
그날따라 소년이 연승가도 달리니

돼지 저금통 허물어
갖고 나온 오십 원까지
그림딱지로 바꾸고도
싹쓸이로 따먹으니 친구가 편을 먹잔다

편을 먹으면
니 것 내 것 허물없이
언제든 가져다 쓸 수 있는
암묵 합의로 간주하는 사이

최고수와 편먹으면
최고수 그림딱지
이제 맘껏 자유로이
갖고 놀 수 있으리라 여겨

오십 원은 물론이요
따먹은 그림딱지 이천여 장 중에서
절반이나 주었으나

편먹기 협약은 채 일주일을 못 넘겼다

친구야 노올자

이틀 뒤
방과 후 딱지 얻으러 가니
녀석은 안 나오고
발바리 쫑(JOHN)만 왈왈거린다

그 이튿날은
대문 열고 들어가려다
바짓가랑이 물어뜯는
쫑 피해 간신히 줄행랑쳤다

딱지 좀 줘 봐
무슨 딱지?

학교에서 맞닥뜨려
딱지 내라 하니
시치미 잡아떼고
모르쇠로 딴청만 부린다

편먹었잖아?
언제?

우중언약(雨中言約)

편먹기 무시당하니
눈에 쌍심지 켜지고
입에서 독설 쏟아졌다

나쁜 새끼

소년 고함에도
아랑곳하지 않고
콧방귀로 삐대니
다짜고짜 엉덩배지기로 내리꽂았다

녀석 징징 울고
친구들 시끌벅적하니
어느새 나타난 담임
소년 사지 꽁꽁 얼어붙었다

해명이 필요없었다
이유가 필요없었다
오로지 싸운 아니 때린
그 죗값으로 청소시간까지 벌을 섰다

잘 했다
잘 한 거야

편먹기 배신감에
속이 부글거리는데

벌까지 선 억울함에
분노가 하늘을 찌르는데

울 엄니 딱 부러지게
잘 했다 이르셨으나
속내 종잡지 못한 소년
그 후로도 오래도록 허우적거렸다

쉰여덟에 세상 뜬 작은 형
쉰 무렵 어느 날
운전하고 가다가
아들뻘 청년과 싸움 벌일 적

끼어들지 말아야 할 곳에서
끼어든 것으로도 모자라
외려 작은 형 향해 욕지거리 뱉으니
차 세우고 무례하다며 뺨따귀 두 대 때렸다

백만 원 약식기소에
정식재판 청구하더니
곰 발바닥 같은 손 내 보이며
판사 앞에서 당당하게 소리쳤다

나 무술한 사람이외다
패려고 작정했으면
턱이 남아나지 않았을 것이오

벌금 내더라도 버릇없는 놈 훈계는 해야 했소

합의하게 되면
그걸 악용해 돈 뜯을까 염려된다는 주장
판사 정황 참작해 벌금 삼십만 원 선고하니
작은 형 재판정 떳떳이 걸어 나오며 웃으셨다

나이 들면
떨어지는 가랑잎도 주의하라지만
부당하고 억울한 건
아무래도 좀 풀어내며 살아야 하지 않을까?

다소 피곤하고 버겁더라도
옳은 일 행하는 자 칭찬하고
옳지 않은 일 행하는 자
주저함 없이 나무라야 하지 않을까?

그림딱지 편먹기 깨버린 친구
응징한 소년에게
울 엄니
단호한 어조로 이르시듯

잘 했다
잘 한 거야

2019. 7. 22.

용의검사(容儀檢查)   - 울 엄니 110

칠공 년대 용의검사 있었어요
꼬맹이들 말뜻도 모르고
담임께 매주 수두룩 검사 받았어요

알고 보면 그럴싸해요
'얼굴용(容)' '거동의(儀)'
용모나 거동을 살피겠다는 뜻이잖아요

하지만 막상 내막은
손톱 길이나 청결도 검사요
머리카락 사이 이나 서캐 검사였어요

손톱이야 자르면 되지만
쓰메키리조차 구비 못한 집에서는
엄마가 가위로 손톱을 잘라 주었거든요

게다가 논밭에서 뒹구는 사내아이들
손톱 밑은 새까맣고
손등은 겨울마다 터서 안티프라민 달고 살았죠

머리 기르는 여학생들은
겨울만 되면
서캐와 전쟁 벌여야 했어요

몸에 있는 이
머리까지 기어가

하얀 서캐 가득 슬었거든요

머리카락에 붙은 서캐는
식초를 묻혀 두었다가
참빗으로 긁어내 제거하곤 했지요

참빗으로 머리 빗으면
피 빨아 거무튀튀한 이
후드득 우수수 떨어지기 일쑤

손톱으로 꾹꾹 누르면
오도도독 피가 터져
손톱 끝 붉게 물들이곤 했어요

사내아이들은
아예 머리 박박 밀어
이가 살지 못하게 하였고

참다못한 부모들
환경에 치명(致命) 살충제
DDT까지 옷에 머리에 뿌려대었죠

가난한데다
위생까지 엉망인 시절
이런 검사 적잖이 도움 됐을 거예요

그래도 매주 용의검사는 약과였어요
이따금 실시하는 총 용의검사는
팬티만 입은 채 전신 때 검사를 했거든요

여름철이야
목욕도 하고
수영도 한다지만

쌀쌀한 봄 가을 겨울은
수도도 없는 집에서 씻기 난망해도
비싼 공중목욕탕은 엄두조차 못 냈지요

때 타월이 없던 시기
까슬까슬한 돌멩이를 썼으나
피부만 벌겋게 부풀어 오를 뿐이었고요

너희는 맛을 봐야 돼
따라와

사학 년 늦가을 어느 날
담임 일제히 때 검사하면서
눈에 거슬리는 애들 앞으로 불러냈어요

그러고는 불려나온 여남은 명
웃통 벗긴 채
육 학년 사 반 여학생 교실로 데려 갔지요

도축장으로 끌려가는 소
사형장으로 압송되는 죄수
바닥에 사정없이 내동댕이쳐지는 자존감

여학생들 비명
키들키들 손가락질
가슴 꼬집는 배릿한 사 반 여교사

늘어진 어깨
숙여진 고개
아이들 아무도 저항 못하고 수모 겪었어요

영랑호 데려가
씻기지는 못할망정

이야기 듣고 소년 앞에서
이렇게 점잖게 말씀하셨지만
울 엄니 눈에는 짙은 분노가 서렸어요

무슨 일이 벌어져도
학교에서 알아서 한다 여기시던 울 엄니
그날 밤 늦도록 숭얼숭얼 분개하셨지요

돼지만도 못한 놈
굼벵이만도 못한 놈
누굴 겨냥한 소리인지 소년 다 느끼었어요

영랑국민학교에 가 보았어요
국민학교는 초등학교로 옷을 갈아입었고
전교생 이천 어린이는 이제 고작 이백 명 남짓

번듯해진 교사 위로
보란 듯 깔린 인조 잔디 위로
둥둥 떠다니는 목욕 못한 깊은 모욕 쪼가리들

동해 물살 가르며 달려온 해풍이
소곤소곤 속삭였어요
그 아픔 이겨냈기에 지금 번듯한 것이라고

영랑호에 잠연히 깃든 보름달도
조곤조곤 흥얼거렸어요
어릴 적 추억만큼 눈부신 아름다움이 무에 있느냐고

2019. 7. 23.

자치기

칠공 년대 꼬맹이들 놀이
나뭇조각을 막대기로
멀리 쳐서 보내는 이른바 자치기

십 센티미터 가량
나뭇조각은 새끼자
오십 센티미터 가량 막대기는 어미자

어미자로
새끼자 후려쳐
보낸 거리만큼 점수 매겼다

새끼자를 쳐 보내고 거리를 재니 '자'요
새끼자를 어미자로 치니 '치기'요
둘을 합쳐 부르니 '자치기'

자치기는 가장 먼저

몇 자를 달성할 것인지 정하는데
대개 오백 자나 천 자가 목표 점수

땅바닥에 지름 일 미터 가량
원을 그리고
가위바위보 이기면 공격자

공격자는
둥그런 원에 한 발 디디고
어미자로 새끼자 쳐서 날리고

수비자는 새끼자를 주워
원 안으로 던져 넣는데
정확히 들어가면 공수가 바뀌고

새끼자가 금에 걸리면 두 번
새끼자가 원 밖에 떨어지면 세 번
공격자는 재차 새끼자를 쳐낸다

쳐낼 때는 어미자로
바닥에 있는 새끼자 튕겨 올리고
허공에서 후려쳐 날려 보낸다

잘 튀어 오르도록
새끼자 양끝
뾰족하거나 비스듬히 깎았다

새끼자 날려 보낸 공격자는
날아간 거리 가늠해
몇 자인지 적정한 자 수 외치고

새끼자 하나 길이가 한 자
어미자 하나 길이가 다섯 자
외친 거리가 타당해 보이면 '먹어'라고 한다

먹은 거리는 자기 점수가 되고
이 점수를 누적
애초 정한 목표 점수 달성하면 승자요

거리가 가당찮으면
'재'하고 소리치고
쟀을 때 길이가 모자라면 공수 교체다

공격자가 쳐내는 새끼자를
수비자가 공중에서
손으로 낚아채거나 받아 내도 공수 바뀐다

길가나 마당에서
둘이 놀기도 하고
팀을 짜 놀기도 했으나

흠뻑 신나는 자치기는
한겨울 얼음판에서 벌이는 놀이

새끼자 얼음판에 미끄러져 끝도 없이 달아났다

날아간 거리가 손으로 던지는 거리
훨씬 초과하니
공수 한 번도 바뀌지도 않고 끝나기 일쑤였다

니들 건 니들이 만들어 놀아라
손 조심하고

먹고 입을 건 모자라도
허허벌판 지칠 줄 모르고 치고 달리며
병원 한 번 안가고 다들 쑥쑥 잘도 자라면서

울 엄니 말마따나 갖고 놀 어미자 새끼자
부모님께 부탁하지 않고
꼬맹이들 쓱싹쓱싹 톱질로 잘도 만들어 놀았다

아마도 그때 배운 톱질 망치질이었으리
윤세영 김명성 김영수 박창규 건축 토목 전공해
건물 짓고 다리 놓은 가공할 힘 원천은

역시나 그때 배운 안목이었으리
박윤종 정상용 김훈주 함형존 사업 전개해
먹을 지 잴 지 척척 가늠한 눈빛은

틀림없이 그때 기른 체력이었으리

함재한 윤재희 이찬우 벅찬 몸뚱이로
거뜬 씩씩 주변 아우르는 늠름한 몸짓은

결국은 그때 배운 화목이었으리
자치기 이기든 지든 늘 어울리듯
여러 친구들 여전히 어우렁더우렁 친한 까닭은

보시게 친구들
더 늙수그레하기 전에
올 겨울 얼음판에서 자치기 한 판 어떠신가?

울 엄니 말씀 받자와
어미자 새끼자는
내가 삼삼히 만들어 놓음세

2019. 7. 24.

엥겔계수   - 울 엄니 112

칠일 년
국민학교 이 학년 소년
부반장에 뽑히니 가슴 조마조마했어요

반장 부반장이
교실 비품 사야 한다는
담임선생 말에 주눅 든 탓이었죠

육성회비도 밀렸는데
그 돈 있으면 육성회비 낼 텐데
식탁보 주전자 쟁반 컵 어찌 사오라는 것인지

엄마한테 말해서
내가 다 살 테니까 넌 컵만 사와

소년 끙끙거리는 사이
반장 대수롭지 않게 지껄였어도
울 엄니께 말도 못 꺼내고 등교한 이튿날

교실 뒤 큼지막한 탁자에
식탁보 쟁반 주전자
다 준비 됐는데 컵 여덟 개만 없었어요

반장 컵 어떻게 됐어?
컵이 있어야 물을 마시지

반장 고개 소년 향하고
담임선생 눈 소년에게 쏠리고
고개 숙인 참담한 굴욕

시간 어떻게 흘렀는지
머리 하얘져
쉬는 시간 반장에게 말했어요

컵도 니가 사면 안 돼?
넌 집이 부자잖아

계면쩍고 퉁명한
소년 말투에
반장 정색하고 내뱉길

아냐
우리도 가난해

어딘가 이상한
말도 안 되는 소리에
소년 재차 불쑥 소리치길

넌 집이 크잖아
트럭도 두 대나 있고

트럭은 두 댄데

한 대가 만날 고장 나서 우리도 돈 없어

친구네는
높은 담벼락에 너른 마당
방 다섯 칸에 거대한 장롱
거길 가득 채운 옷
번쩍이는 전깃불에 텔레비전
외진 방에 마작 바둑판
깔끔한 화장실 옥상에 환기구 팬

우리네는
담장 마당 없는 집
비좁은 방 두 칸에 장롱은커녕 궤짝도 없고
옷이라고는 윗도리 아랫도리 한 벌 뿐
석유 넣어 쓰는 호롱불 흐릿하고
공중수도에서 바께스로 물 길어다 쓰고
공중화장실 똥내에 머리는 어질어질하고

친구네 틀림없이 부잔데
가난하다 우기니
말도 안 되는 소리임에 분명했으나

모호한 기준에
부자이면서 부자 아니라는 말
그 후로도 오래도록 뇌리를 간질였어요

엄마가
부반장 하지 말래요

거짓말로 이리 이르자
담임 다른 아이 추천하니
바뀐 부반장 엄마 금세 컵 가져왔어요

모질고도 흐뭇한
칠공 년대 흐르고
고교 이 학년 정치경제 수업 시간

부와 가난 기준
마주하는 찰나
팔 년 품은 궁금증이 단박에 풀렸습니다

가계 소비 지출 중에서
식료품비가 차지하는 비율이
생활수준 가늠하는 기준인 엥겔계수

그랬습니다

집안 총 지출에서 얼마를
먹는 비용으로 쓰느냐가 빈부의 가늠자였어요

엥겔 계수가
20퍼센트 미만이면 상류 문화생활
20~29퍼센트는 중류 문화생활
30~49퍼센트는 하류 건강생활
50퍼센트 이상이면 최저 극빈생활

반장네는 만 원 벌어 식료품비 이천 원
달리 쓸 돈 여유 있어
장롱도 사고 옷도 사겠지만

우린 이천 원 벌어 식료품비 천오백 원
먹고 살기 급급한데
마당 딸린 큰 집 어찌 사겠습니까?

화장실은 무슨 돈으로
텔레비전은 무슨 돈으로
도대체 교실 컵은 무슨 돈으로

속상해도 잊어라
돈 있다고 잘 사는 건 아니니까

훗날
울 엄니 예순 무렵에야

소년 이야기 전해 듣고 빙그레 웃으셨어요

다시 더 훗날
소년 예순 거의 다다라
그 말씀 받잡고 삽니다

돈 있거나 말거나
잊을 건 다 잊고
행복 가득 만끽하면서

그 시절 엥겔계수 높았어도
지금은 누구나 먹고는 사니
하고픈 일 맘껏 즐기면서

엥겔계수 높건 낮건
누구나 공감하여
더불어 넉넉히 소통하면서   2019. 7. 25.

달걀 – 울 엄니 113

쪄도 먹고
프라이로도 먹고
짱조림으로도 먹고

단백질 풍부하고
필수 아미노산 골고루 갖추었고
위에 오래 머무르는 포만감은 다이어트에 좋고

뭐니 뭐니 해도
간편하고 손쉬운 조리는
식용유 둘러 익혀 낸 달걀 프라이

칠공팔공 년대 하나 싸면
최고 품격 도시락
친구들 부러움 줄줄 샀더라

한 젓가락
먹어도 되지?

머리 굵어진 고교 시절 점심시간은
염치 체면 뒷전
친구들 싸 온 반찬 빼앗아 먹기 열풍

멸치건 콩장이건 오뎅이건
서너 젓가락에
특별한 찬 거덜 나기 일쑤

제 자식 애지중지하던 부모들
혼자 잘 챙겨 먹으라고
도시락 밑바닥에 프라이 깔고 밥 채웠건만

새끼 쩨쩨하긴
내놔 봐

아무리 감추어도
짝꿍 눈까지는 피하지 못 하는 법
짓궂은 등쌀에 제 입에 절반도 못 들어가도

빼앗은 장난기도
빼앗긴 토라짐도
교실에선 언제나 둥글둥글 넘어갔더라

빼앗은 강탈도
빼앗긴 분노도
시간 앞에선 끝내 둥글둥글 무디어졌더라

삶은 계란
하나 더 주시면 안 되나요?

도시락은 고사하고
집에서조차 먹지 못하던 소년
나이 서른 되도록 계란 식탐에 젖어

학생 식당이나
기숙 식당이나
더 얻어먹어야 직성 풀렸고

계란 프라이 올려
노랗게 물든 노른자위 밥
보암직도 하고 먹음직도 하였더라

맛난 달걀이다
많이 먹어

팔공 년대 중반
생활 형편 나아진 울 엄니
어릴 적 못 먹인 것 분풀이하듯 하셨고

객지 생활하는 아들 이따금 찾으면
집에서 키우는 닭 대여섯 마리
새벽 달걀 챙겨 주느라 여념 없으셨고

그나마 직장 생활 여유로
먹을거리 고심 가신 소년
바리바리 싸 주신 달걀 나눠 주기 바빴더라

달걀이 둥글둥글한 건
그렇게 살라는 뜻이라 하더구나

꼭꼭숨어라 ~~

완벽히
위장

이따금씩 달걀 모았다가
교회 갖다 주시던 울 엄니
어디서 들었는지 탱글탱글 말씀하시었다

하긴 달걀 뿐 아니라
세상은 둥글둥글
둥글게 마련

눈동자 둥글고
얼굴 둥글고
몸통마저 둥글고

뾰족한 것 우죽뿌죽 넘치고
여기저기 우락부락 거칠어도
결국엔 둥글둥글한 지구에 머물 뿐이니

달걀 둥그런 것이
둥글게 살라는 뜻이라면
둥그러니 둥글둥글 살아야 하리

삐죽삐죽 뾰족뾰족

찔리더라도
둥그러니 둥글둥글 살아야 하리

둥글둥글한
울 엄니
말씀 받자와 둥글둥글 살아야 하리

2019. 7. 28.

동대문 놀이   – 울 엄니 114

해가 가장 길다는 하지 무렵
일찌감치 저녁 먹은 꼬맹이들
널찍한 장마당에 하나 둘 모습을 드러낸다

날이 어둑어둑
어스름 달빛이 고개 내미는 시각
한쪽 귀퉁이에서 사내아이들 다방구 시작할 적

동대문놀이 할 사람
여기여기 붙어라

국민학교 육 학년 골목대장 금자
엄지손가락 치켜세우면
어지간한 동네 간나 모조리 엄지 잡아 호응하고

가위 바위 보 대결로 두 명 골라
문지기로 세우고
나머지는 허리에 허리 잡고 쪼로니 서서

동대문놀이 노래
골목대장 선창에 따라
모이 받아먹는 제비새끼처럼 일제히 목청 돋운다

동 동 동대문을 열어라
남 남 남대문을 열어라

노랫소리에 맞춰 기차놀이하듯 늘어선 행렬은
문지기가 두 손 높이들어 맞잡아 만든 대문을
골목대장 이끄는 대로 몇 번이고 빠져 나간다

열두 시가 되며는
문을 닫는다

이어지던 노래
마지막 노랫말 끝나는 순간
문지기는 손을 내려 지나는 친구를 가둔다

문지기 손에 갇히지 않으려는
꼬맹이 비명
깔깔거리는 다른 꼬맹이들 웃음소리

차례로 갇힌 두 사람은
다음 놀이에서
새로운 문지기 되어 문을 지킨다

오늘은 그만
들어들 가거라

마냥 신이 나
시간 가는 줄 모르다가
구경하던 어른들 중 하나 헛기침에

꼬맹이들 골목골목 사라지고
올망졸망한 지붕 위로는
휘영청 달빛만 하얗게 바스러져 내렸다

엄마도 그 놀이 했다만
니들처럼 시끄럽진 않았지

훗날 확인한 바 동대문놀이는
조선총독부가 사일 년 발간한
'조선의 향토오락'에 기록돼 있고

'문 뚫기' '문 열기' 이름으로
전국 곳곳에서
달 밝은 밤에 행해졌다고는 하나

울 엄니 말씀 듣자오면
일제강점기 때는
소년 국민학생 시절만큼 유행하지 않은 듯하고

동요 노랫말 멜로디에

여성 노는 세태 감안하면
한일합방 이후 만들어진 놀이요

요즈막 아이들 거의 모르니
가장 번성한 시기는
역시 소년 국민학생이던 칠공 년대였으리

동대문 가 보셨어요?
남대문은요?

삼 학년 어느 여름날
동대문놀이 실컷 구경하고 돌아와
울 엄니께 이리 다잡듯 여쭈었더니

니들 낳고 기르다 보니
거기도 한 번 못 가 봤네

입가에 흐르는 가느다란 회한
얼굴에 감도는 아슴푸레한 좌절
함부로 뱉지 않는 푸념이 모질게 꾸무럭거리고

곁에서 염치없어 하시며
가 봐야 별 것 없다 하시던
아바이 싸늘한 자책이 헛기침에 묻어났다

어떻게 생겼어요?

멋있어요?

임금이 사는 집 대문이니
좀 크긴 하지
그래도 별 거 없다

아바이도 못 가 본 동대문 남대문은
댐이나 기차처럼
시골 소년 전과에서나 볼 수 있었고

그 후 중학교 삼 학년 겨울
작은 형 만나러 상경했다가
동대문 난생 처음 마주하게 되었다

지금 어디냐?

공중전화
수화기에서 들려오는
피로에 찌든 작은 형 음성

동대문 옆 공중전화 부스에 있어요

단청 울긋불긋하나
도로 한가운데 서서
오염에 찌든 애처로운 흥인지문 보는 동안

짐자전거 타고 나타난 작은 형
소년 짐칸에 태워
일터 대동철재상사로 데려가는데

명절 날 근사한 옷차림은
온 데 간 데 없고
녹내에 찌든 바짓가랑이만 너덜거리니

집에 생활비 대랴
동생들 학비 벌랴
스물한 살 배기 작은 형 애달픔이 뼈아팠다

토큰으로 두드려 버스 출발 알리는
안내양 표정에서 언뜻언뜻 풍기는
울 엄니 상한 얼굴 보노라니 작은 형이 묻는다

동대문인 걸
어떻게 알았어?

책에서 봤어
근데 남대문은 어디야?

작은 형 기특하다 하시며
저녁 먹고
함께 남대문 보러 가자 한다

다섯 공기나 넣은 비빔밥
어찌나 맛있던지
게 눈 감추듯 먹어 치우고 따라나선 길

자동차 쌩쌩 달리는
도로 한 가운데
을씨년스레 서 있는 숭례문이 서글펐다

어쩌다 저런 몰골 되었는지
동요에서 동대문놀이에서
한껏 부푼 기대는 무참히 무너져 내렸다

소문난 잔치 먹을 것 없다잖니?
그래서 안 보는 게 차라리 낫지

소년 얘기 들으신 울 엄니

스스로를 향한 위로였지만
훗날 그 말씀이 지당하심을 알았다

역사 소용돌이에서 고립된
동대문 남대문은
책임진 자들이 풀어내 책임질 일이요

어촌 산촌 농촌 천진난만한 아이들은
동대문놀이와 더불어
충분히 노래하고 만끽하면 그만이지 아니한가?

허투루 버둥거릴 일 없이
다들 자기 할 일 알아
제 자리에서 제몫 다하면 가히 족하지 아니한가?

동대문 열 사람은 열고
동대문 지날 사람은 지나고
동대문 닫을 사람은 닫으면 되리니

동 동 동대문을 열어라
남 남 남대문을 열어라
열두 시가 되며는 문을 닫는다

2019. 7. 29.

참새 – 울 엄니 115

소년 국민학생 적
참새만큼 흔한 새 없었다 싶다

봄여름 해충 잡아먹다가
가을이면 논밭으로 몰려들어

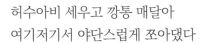

사람도 못 먹는 곡식
냠냠 수두룩 먹어 치우니

허수아비 세우고 깡통 매달아
여기저기서 야단스럽게 쪼아댔다

참새는 짹짹거리며
요리조리 날랜 몸 과시하고

꼬맹이들은 놀이 삼아
새총으로 사냥 솜씨 뽐내며 날갯짓 즐겼다

줄 옭아맨 막대기 세우고
거기에 바구니 걸쳐 두었다가

미끼로 던져 놓은 곡식 먹으려는 참새
멀리서 줄 잡아 당겨 포획하던 엉아들

참새 구워 먹으며

알콩달콩 시시닥거렸다

얼른 일어나
밭에 가서 참새 좀 쫓거라

칠오 년 늦여름 어느 날 새벽
울 엄니 육 학년 소년 깨우셨다

김장용 무 배추
씨앗 뿌려놓은 텃밭

일찍 일어나는 새 벌레 잡는다는데
참새는 왜 야속하게도 씨앗을 파먹는 것인지

졸음에 겨운 소년 씩씩거리며
짱돌 하나 집어 들고 달음박질

인기척에 놀란 참새 떼
포드닥 날아오를 적 터지는 소년 욕설

이런 잡놈의 참새 새끼들
죽어랏

벼락같은 고함 타고 날아가는 짱돌
그중 한 마리 몸통 강타

푸드덕거리며
여남은 발자국 달아나다 고꾸라지기에

쏜살같이 뒤쫓아 가
움켜잡으니 턱없이 왜소하고 초라했다

손아귀에 보시시 쥐고
밭고랑에 앉아 바라보는 사이

따뜻하던 체온
시나브로 식어가더니

집에 다다를 무렵
끝내 숨을 거두고야 말았다

미안한 눈길로
애처로운 가슴으로

삽으로 구덩이 파
고이고이 묻어주었다

맘이 아프지?
그래도 그건 아무 것도 아니다

미물(微物) 죽음에
덧없이 녹아드는 소년의 측은지심

울 엄니 매정함이
너무도 야속하고 미웠다

시간 흐르면
잊히는 게 세상 이치이거늘

웬일인지 그 사건은
오래도록 잊히지가 않았다

그랬다
그 뒤로 참새처럼

아바이 가시고
울 엄니도 가셨다

작은형 뜨시고
큰형도 뜨셨다

울 엄니 말마따나
그 거대한 붕괴(崩壞) 앞에서

돌팔매질에 죽은 참새는
흠씬 대수롭지 않았지만

한여름 열기 무참히 식어가는
오늘은 목 놓아 한껏 소리치고 싶다

그토록 아팠는데
그게 모든 죽음의 시작이요 끝이었는데

아무 것도 아니라고요?
그게 정말 아무 것도 아니라고요?

2019. 8. 2.

엄마 소리

소년 열두 살 무렵
햇볕 따가운
어느 여름 날 오후

세 여동생 울 엄니 배 까고는
번갈아 귓불 비비며
송송 땀방울 맺히도록 까르르

엄마 배에서
이상한 소리 난다며
여동생들 알쏭달쏭한 표정이다

무슨 소리인지
니가 한 번 들어 볼래?

다소 다정하고
다소 다소곳한
울 엄니 권유에

말똥거리던 소년
배꼽노리에
귀 대고 눈 감으니

간간이 계곡 물 흐르는 소리
틈틈이 양철지붕 소나기 듣는 소리

무슨
소리가 들리냐?

꼬르륵 소리
물소리 같아요
그리고....

뾰조록이 가늠키 어려워
잠시 머뭇머뭇
갈팡거리는데 울 엄니 재차

그리고
또 무슨 소리가 들려?

흐릿하고 모호한 느낌

표현할 수 없어
얼버무리듯 소리쳤다

엄마 소리요!

울 엄니 재미난 듯
호호 웃으시며
소년 목덜미 땀 훔치셨다

그로부터 스무 해 뒤
울 엄니 이승 뜨시도록
소년 까맣게 잊고 살다가

머리칼 바람처럼
반백으로 휘감아 오는 근래
엄마 소리 외치던 기억 문득 떠올랐다

소년 외친
그날 엄마 소리
그것은 대체 어떤 소리였을까?

동생 젖 먹이던 소리
울 엄니 배곯던 소리
아바이 사랑에 심장 뛰던 소리

아무리 생각해도

도무지 알 수 없던 그 소리
다시 한 번 들으면 콕 집을 수 있을 법한데

예순 살 무렵
햇볕 따가운
어느 여름날 오후

울 엄니 그리운 뱃소리
어디에 귀 대면
거나하게 한 번 제대로 들을 수 있으려나?

2019. 8. 6.

닭

요기 요만하게
닭장 좀 만들어라

햇살 눈부신
칠사 년 어느 봄 날
집 담벼락 한 쪽 가리키시며
오 학년 아들에게 울 엄니 얼추 이르시어

삽으로 바닥 고르고는
바닷모래 두텁게 깔고
여기저기 돌아다니며
주섬주섬 구멍 뚫린 벽돌 주워

야트막한 담장 쌓고는
간짓대 걸어 횃대 만드니
이튿날 울 엄니 어디선가
햇병아리 열 마리 남짓 들여오셨다

노란 병아리 삐약삐약 걷다가
날개 푸드덕거리며 모래목욕도 하고
횃대에서 꾸벅꾸벅 졸다가
물 한 모금 마시고 하늘도 한 번 쳐다보고

병아리 자라면서 볏 붉어지고
터럭에 윤기 흐르면서 눈빛 강렬하니
왠지 모를 으쓱함에

돼지풀 뜯어다 먹이며 소년 마냥 신났다

사료 변변치 않던 시절
이름 모를 풀잎 훑어 내밀면
부리로 거침없이 쪼아 먹던 녀석들
몸집 불어나면서 점차 잡식성으로 변해

지렁이건 개구리건
닥치는 대로 먹어치웠고
소년은 모이 주는 재미로
이것저것 잡아다 흠뻑 포식시켰다

개중 황금빛 개구리 포획은 신나는 놀이
굵은 철사 뾰족이 갈고 고무줄 덧대 만든
날카로운 작살 들고 논두렁 노닐며
닭 먹일 개구리 몸통 조준해 관통시켰고

한 시간 가량 사냥으로
한 바구니 가득한 개구리
닭장에 차례로 던져 넣으면

다리며 몸통 콕콕 잘도 쪼았다

장마철 지난 어느 여름날
닭장 청소하느라 땀 뻘뻘
덕분에 닭들은 자유로이 마당 거닐며
제 입맛에 맞는 굼벵이 구더기 맘껏 먹었다

닭장 청소로 새 단장하고
닭 몰아넣을 적
풍선처럼 부푼 따뜻한 닭 모래주머니
한 움큼씩 옴키면 가슴은 사뭇 뿌듯하고 벅찼다

아바이 보약 좀 지어야겠다
니가 닭 좀 잡거라

그해 초복 날
울 엄니 아들에게
상상조차 못하던 일 시키시고

어찌 할 바 몰라
안절부절 못하는데
아주 느긋이 말씀하시길

빨래 방망이로
날갯죽지 아래쪽 때리면 된다

장닭같이 우람한 닭
날개 꺾어 쥐고 냅다 후려치니
꼬꼬댁 비명 지르다 피 게우고 똥 싸며 실신

축 늘어진 닭 건네니
털 뽑고 고기 삶아
울 엄니 백숙 지어 내셨다

이마 콧잔등에 식은땀 줄줄
후루룩 후루룩
울 아바이 몸보신하는 내내

백숙 입에도 대지 않는 소년 보며
한숨짓던 울 엄니
이튿날 아들에게 말씀하신다

엄마가 잘못 했다
이런 일 시키는 게 아닌데

꼬맹이 어린 시절
닭 한 마리 잡은 게
무에 그리 대수일까마는

아들에게 시킬 일 아니었다는 말씀
교육학 전공하면서
훗날 되새기니 백 번 지당하셨더라

말고기도 먹고
개고기도 먹고
심지어 원숭이 골마저 파먹는 세상

그걸 먹으려면
누군가는 잡아야 하고
누군가는 팔아야 하는 게 순리이지만

직접 손으로 생명 앗는 일은
백짓장 같은 어린 아이에겐

거~
살 연하네~
득이도 좀 먹지?
싫음 말구...

적잖은 충격임에 틀림없었으니까

옳고 그름 분별 못하는 꼬맹이
자라면서 알아야 할 생명 소중함
식별조자 못한 채 평생 살 수도 있었으니까

음식 가리는 탓도 있었겠지만
그 후로 십 년 넘도록
닭고기 입에도 대지 않고 살았지만

사실 아무리 참혹한 경험도
극복하면 대수롭지 않으나
이겨내지 못하면 병드는 법 아니던가?

아바이 집에 없다고
소년 힘 쓸 만해졌다고
닭 잡도록 하시고 사과하신 울 엄니

아니외다
지금 곁에 계시오면 그저
소라도 잡아드리고 싶은 맘만 간절할 뿐이외다   2019. 8. 7.

나머지 공부 - 울 엄니 118

지금부터 이름 부르면
종례 끝나고 남아

학력 처지는 꼬맹이들
걸핏하면 방과 후 남아서
이른바 '나머지 공부' 했어요

학업 성적 떨어지는 꼬맹이들
성적 끌어 올리려는 노력 가상했지만
'지진아(遲進兒)'라는 표현은 모욕이었어요

성적 안 나와 나머지 공부하는 아이 가리켜
또래들조차 엄벙덤벙
지진아라고 놀리기 예사였으니까요

지진아란 정확히 '학습 지진아'로
'학습이나 지능 발달이 더딘 아이'인데
공부 못 한다고 이리 불렀으니 아픔일밖에요

나머지 공부 시키는 이유 있었어요
시험 때마다 학급별 등수 매겨
교장이 성적 저조한 담임 호되게 추궁했거든요

성적 오르는 성과보다
아이들 자존감에 입힌 상처가
더 없이 커서 안쓰럽던 게 나머지 공부였죠

다 푸는 학생은
먼저 집에 간다

육 학년 담임선생
산수 스무 문항 내주고는
이런 방식으로 꼬맹이들 경쟁시키셨어요

다섯 번째 순에 성적 들던 소년
한 번도 나머지 공부 한 적 없어
너무 일찍 나서는 게 되레 싫기도 했었죠

'창자 놀이'건 '오징어 놀이'건
먼저 교실 나서면
친구랑 놀지도 못해 쓸쓸했으니까요

먼저 풀고 나가 배회하느니
고의로 늦게 풀고
느지막이 나오는 게 더 쏠쏠했으니까요

일등은 외로워
차라리 이등이 낫다

반백 년 시간 돌이켜
곰곰이 반추하면
울 엄니 이 말씀은 백 번 지당하셨어요

나머지 공부도 안타깝지만
일등도 그다지 행복하지 않으니까
'일등 목표'는 희망이나 '일등 유지'는 고통이니까

앞서면 외로움
뒤서면 애처로움
앞서거나 뒤서거나 어울려 사는 게 평안이니

앞선다고 기뻐하지 말지라
그건
홀로 놀아야 한다는 의미이니까

뒤처진다고 서러워하지 말지라
그건
앞설 수 있다는 희망이니까

느리다고 좌절하지 말지라
무너진 자존감에
평생 나머지 공부하는 사람도 있으니까

2019. 8. 7.

삼겹살   - 울 엄니 119

구울 때마다
초조로이 애를 태운다

설익어
흐물거리는 건 아닌지

너무 익어
태워 버리는 건 아닌지

울 엄니 그러셨으리
나 자랄 적 그러셨으리

설익거나 타지 않고
웅숭깊이 무르익어

맛내고 사는
멋스러운 아들 바라셨으리

요즈막 나
그리 기도하고 살듯이

2019. 8. 7.

큰절

일구팔팔 년 시월
아들 결혼식 치른 날
집 당도한 자식 며느리에게
울 엄니 놀랍게도 큰절하시었어요

황망(慌忙)해 하는 자식 향해
가만히 있으라 이르시고는
무릎 조아리어
근엄함 차분히 내어 보이셨지요

훗날 연유 여쭈었을 적
아들이 왕에 오르면

어미도 그 앞에 절하는 법이라
울 엄니 아찔하게 아들에게 이르시었지요

결혼하는 아들을
왕에 비유하시어
아들에게
권위보다 책임 지엄함 일깨우심은

권력자이기에 앞서
사명 막중하다는 묵시(默示)였기에
울 엄니 그때 그 나이 이르도록
소년 가슴에 북극성 하나 품고 살았습니다

배움 깊지 않고
말씀 어눌하셨어도
먹이고 입히며
이처럼 행함으로 솔선수범하신 엄니

지연옥

그대는 지금껏 날
깨닫게 하고
지탱케 하고
지키게 하신

불멸의 슬기로운 현자(賢者)이시요

불굴의 굳센 여걸(女傑)이시요
불변의 위대한 수호신이시요
연연불망(戀戀不忘)의 눈부신 참스승이십니다   2023. 8. 4.

─────────

*연연불망(戀戀不忘)=그리워서 잊지 못함

뱃놀이

바닷모래로 축대 쌓아 도로 내고
그 위에 굽 뒤집은 고무신 올려놓고
붕붕 소리 내며 노는 자동차 놀이에 뒤질세라

종이를 접거나 떼를 깎아
냇물이나 저수지에 배 만들어 띄우는
꼬맹이들 뱃놀이는 더할 나위 없이 신이 났다

이걸 쓰거라
제법 쓸 만할 거다

칠사 년 가을 어느 날
어른 손바닥만 한 떼 내미시며
울 엄니 하얀 윗니 드러내신다

바다 속에서 그물 활짝 펼치게 하려고
큼직한 나무껍데기 잘라내
명태바리 그물 위 가장자리에 달아 쓰는 떼

물에 젖어 금세 망가지는
종이 접어 만든 배 보트와 달리
떼로 만든 배는 가볍고 튼튼해 으뜸이었다

이걸로 깎으면
잘 들 거다

울 엄니 그물 기울 때
그물코 따거나 실 끊는데 쓰는
애지중지 보망칼 슬그머니 내미신다

일러주시는 대로
떼 깎고 갈아 배 모형 다듬고
깨진 책받침 조각 끼워 방향타 삼고

대꼬챙이에
종이 끼워 돛 세우니
근사한 돛단배 한 척 건조(建造)되었다

종이배 하곤 다르지?
잘 갖고 놀아라

완성된 돛단배 들고
어깨 으쓱거리며
명신중학교 앞 늪으로 달려가

바람 등지고
조심스레 배 띄우면
미끄러지듯 물살 가르니

또래 친구들
부러움에 군침 흘리며
저마다 하나씩 만들어 달라 보챘다

그게 암초야
걸리면 아주 위험하지

그로부터 보름째 되던 날
버젓하던 돛단배
늪 중간지점 풀섶에 덜컥 걸리고 말았다

멀리서 돌멩이 집어 던지며
빼내려 애쓰다
애먼 돛단배만 홀러덩 뒤집히고

아쉬움에 미련에
한숨지으며 집에 들어서는데
울 엄니 말씀이 더없이 가슴 저렸다

이게
마지막이다

그로부터 보름 내내
아쉬움 달래며
납작돌로 뻘쭘히 물수제비만 뜨다가

울 엄니 구해 주신 귀한 펫조각

한나절 깎고 갈아
암초 조심조심 돛단배 띄웠으나

그마저도 한 달 만에
똑같은 암초에 걸려
갈피없이 풍더덩 전복되고 말았다

암초는
뱃사람들도 벌벌 떨지

반백 년 시간 흐르고 나서
울 엄니 걱정하시던
웅근 목소리 메아리처럼 돌아왔다

어찌 뱃사람만 무서워했으랴
사노라면
곳곳에 도사린 게 암초이거늘

좌초할 줄 모르고
걸려들 줄 모르고
앞만 보고 내달리는 가련한 둔마(鈍馬)여!

암초에 걸리더라도
정신만 차리면 산다

아바이 타던 배 암초에 걸렸을 적

널빤지 잡아타고
혼자만 살아 남으셨다던 울 엄니 말씀

호랑이에게 물려가도
정신만 차리면 산다는
애중한 속담과 무에 다르랴

암초 훌쩍 뛰어 넘는
울 엄니 위대한 슬기
그저 내리받아 본받기를 삼가 발원할밖에   2019. 8. 9.

공기놀이   - 울 엄니 122

영랑국민학교 삼 학년
옆집 살던 또래 친구 김금자
그 아바이는 헌병 상사 출신 박도선
육이오 전쟁 얘기만 나오면 무용담 우쭐
울 아바이보다
십여 년 아래 연배 술고래

얼레리꼴레리
얼레리꼴레리

남녀가 어울려 놀면
꼬맹이라도 이런 놀림 당하던 시절
아바이들 술친구이다 보니
금자 남매들과 종종 공터에서 놀았으되
공기놀이 대결이
금자랑 벌일 수 있는 유일한 놀이였다

손이 자그마할 때는
그럭저럭 호각세(互角勢)였으나
소년 손이 부쩍 커 버리면서
실력 차 갈수록 벌어지고
아등바등 따라 잡으려고 애를 써도
큼지막하고 둔한 손으로는 어림도 없었다

대개 공기놀이는
흙바닥에 공깃돌 흩뿌리고

한 알부터 네 알까지
차례로 잡아내는 놀이지만
싱거움 느낀 둘 대결은
이른 바 '꺾기'로 압축됐다

공깃돌 허공에 던져 손등에 올린 뒤
다시 허공에 던져
손 내리고 올릴 때 나눠 잡는 꺾기는
손이 커져도 그나마 겨룰 수 있으니
금자 인심 써가며 소년 도전 받아 주었다

천 점 나기다

손등에 올린
공깃돌 개수 하나에 십 점
천 점 나려면 족히 삼십 분
끝내는 꺾기마저
금자한테 줄곧 패해 부아만 났다

나랑 해 볼래?

공기놀이 대가(大家) 김금자
아무도 그를 대적할 이 없을 적
낯선 간나 하나 도전장 내미는데
얼추 보아도 오륙 학년 부잣집 간나
꺾기는 할 줄 몰랐는지

바닥에 뿌린 공깃돌 잡아내기 제안

금자와
부잣집 간나
눈 부릅뜨고 벌인
옴팡진 대결
아뿔싸 금자
손도 한 번 제대로 못 쓰고 완패

다시 해!

재차 내민 세 차례 도전장
역시나 선만 빼앗기면 단박에 끝났다

나 이기려면
열심히 해 봐

공기 대가 금자가
이리도 무참히 패하다니
게다가 잘 알지도 못하는
부잣집 간나 이렇게 아갈질하고는
휭하니 바람처럼 사라지니
완패한 간나와 응원한 간나새끼 무너진 자존감

그 후
열심히 연습하며

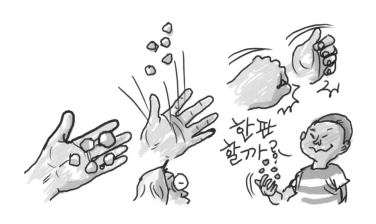

복수 칼 갈았지만
부잣집 간나
다시는 볼 수 없어
그저 씁쓸함만 삼켜야 했다

우물 안 개구리였네

자초지종 들으신 울 엄니
이러시며 깔깔 웃어넘기셨고
소년 나이 들면서
우물 안 개구리라는 말뜻 깊이 깨쳤다

그게 어디
공기놀이 뿐이랴

국민학교 천재가
중고교에서는 우등생 대학에서는 우수생

그 치열한 틈바구니에서
어찌 견디고 이겨내야 하는 것인지 몰라
남과 비교하며 허덕이다
지쳐 쓰러지는 무수한 군상(群像)은 아픔이라

이무기가
용은 못 되던 걸?

전설 따라 삼천리
텔레비전 보시던 울 엄니 혼잣말

흩뿌려 잡아내는 공기놀이는 패했으나
꺾기 가히 으뜸이어서
부잣집 간나랑 꺾기 붙었다면
틀림없이 용맹한 용틀임 보였을 게다

흩뿌려 잡아내는 공기는
이무기였을지 몰라도
꺾기는 마땅히
여의주 물고 승천하는 비룡(飛龍) 아니었으랴

하지만
이무기이면 어떠하고 용이면 어떠하리

이무기는 이무기대로
용은 용대로
제 빛깔 향기 걸맞으면 그만인 것을
금자야 우리 빛깔 곱잖니?
나이 더 먹기 전에
고은 향기 풍기며 꺾기나 한 판 하자 야!

2019. 8. 10.

말복   － 울 엄니 123

정월 보름 새벽이면
으레 팔았던 여름 더위

상대 이름 부른 뒤 대답하면
'내 더위 사거라'

더위 많이 팔면
여름철 더위 먹지 않는다는

소박하기는 하나
어딘가 미련스럽기까지 한 풍속

시골에서 농사짓노라면
뙤약볕 더위 먹는 게 큰 걱정이었겠지만

정월 대보름에 더위 판다고
여름철 더위 먹지 않는다는 믿음

숫제 믿기지도 않았을 뿐더러
더위 먹을 직업 갖지도 않았던 탓에

부모 세상 뜨시고는
일절 더위 팔지 않고 살았으나

더위가 자칫
생명 앗아갈 위험 짙은

병약한 부모 모시는 자식들
간절한 무병장수(無病長壽) 염원 살피니

더위라도 열심히
팔았어야 한다는 아쉬움이 아련하다

무슨 일이건
정성들여야 하는 거야

사고 질병 죽음
언제 다가올지 모르는 위험 살펴
내 더위 사거라
풍습에 곁들인 정성 슬기롭지 아니한가?

쉰 후반 맞이한 말복
더위 떠나보내는 저녁 어스름

정성 기울이고 살라는 울 엄니 귀띔
몇 번이고 몇 번이고 되새겨 볼 수밖에

2019. 8. 11.

재봉틀   – 울 엄니 124

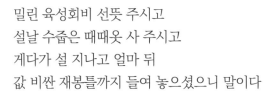

칠삼 년 겨울은
명태바리 호황이었다
회계 보고 귀가하던 울 엄니
허리에 전대까지 두르셨으니 말이다

밀린 육성회비 선뜻 주시고
설날 수줍은 때때옷 사 주시고
게다가 설 지나고 얼마 뒤
값 비싼 재봉틀까지 들여 놓으셨으니 말이다

재봉틀은 선금 몇 푼에
나머지는 할부였는데
매달 돈 받으러 오는 수금 사원
꾸역꾸역 받아 가느라 줄기차게 삐댔다

바느질하는 기계다
아주 빨리 박을 수 있지

고급스럽기 그지없는
번쩍번쩍 포마이카 디자인
'부라더 미싱'이라 쓰인 선명한 글자
울 엄니 그 기계 '미싱'이라 일러주셨다

소잉 머신(sewing machine)
바느질 기계

곧 재봉기(裁縫機)를 미싱이라 부른 건
머신을 미싱(ミシン)이라 발음한 일본어 탓

부산의 한 회사가 일본 부라더 공업과 합작
육오 년 생산을 시작한 부라더 미싱은
'꽃님이 시집갈 때 부라더 미싱'이라는
광고 카피로 칠공 년대 엄청 유명세를 탔다

여기 바늘에
실 좀 끼워 주겠니?

노안 내린 눈 대신해
재봉 바늘구멍으로
침 발라 뾰족이 실 끼우면
재봉틀 대가리에 장착은 울 엄니 몫

손바느질로 감당 못 할
엄청난 박음질
현란한 누빔질
부라더 미싱 거뜬히 해냈고

울 엄니 재봉질하려는 눈치 보이면
소년 재까닥 나서
피댓줄 걸기와 실 장착
사전 절차 전반 깔끔히 준비해 드렸다

신기하지
너도 배워 볼래?

재봉틀 장착 익숙해진 뒤에도
줄곧 곁눈질하는 아들에게
울 엄니 이렇게 제안하시니
두 눈에서 반짝반짝 찬란한 빛이 났다

피댓줄 걸고 발판 구르면
뱅뱅 따라 돌며
회전운동이 직선운동으로 바뀌어
바늘 오르락내리락 거리며 찰나에 봉합

구멍 난 동생 양말 천 덧대 누비기
바지나 상의 터진 실밥 매조지
어지간한 바느질 아들 손에서 이뤄지니
울 엄니 머리 쓰다듬으며 기특하다 하셨다

너희는 나중에 배워라
지금 배우면 고생이야

하지만 울 엄니
소년에게 그물 일 못하게 하듯
여동생들에게는
재봉틀 근처에도 못 가게 하셨다

직업에 귀천 없다고는 하나
대충 아무 일이나
허투루 배워서는 안 된다는
품격 자존 스스로 높이고 살라는 뜻

당시 철부지 꼬맹이 몰랐으나
귀여운 딸들
산업단지로 보내지 않으시려는
울 엄니 깊은 뜻 훗날에야 깨우쳐 알았다

미싱이 좋다고
너무 빠지지는 말아라

고교 졸업할 때까지
걸핏하면 재봉틀에 앉아
동생들 친구들 옷 손질해주니
울 엄니 슬그머니 한 말씀 운을 떼신다

재봉틀이건 운동이건
유혹에 쉽사리 빠져 들어
열쭝이로 살지도 모를 아들
토매하지 않고 깔축없이 살라는 속내

그 뜻 알아 아주 잘 살고 있답니다
물 흐르듯 젖어 들면서
생다지로 우기지 않으면서
있건 없건 얄똥시룹게 굴지 않으면서

편안히 재주 내다 부리면서
여간한 바람에 흔들거리지 않으면서
그가 누구든 사람답게 마주하면서
그 뜻 알아 아주 잘 살고 있답니다   2019. 8. 13.

————————

*얄똥시룹게='얄밉게'의 강원도 방언

솜틀집   – 울 엄니 125

국민학생 시절
전화 처음 접하고 신기했다

'어떻게 선으로 말소리가 가지?'

고교 시절 팩스 처음 보고
참으로 신통방통했다

'어떻게 글씨가 선을 타고 가지?'

구공 년대 무선인터넷 배우면서
이건 기적이라 여겼다

'어떻게 동영상이 허공으로 전달되지?'

전화만큼
팩스만큼
무선인터넷 만큼

칠공 년대 꼬맹이
신기한 게 솜틀집이었다

오줌싸개 때문에 오그라든 솜
오래되어 짓눌린 솜
여기저기 이불에서 긁어모은 솜

솜틀에만 들어가면
폭신폭신 푹신푹신 이불용 솜이
거대한 절편 떡시루에서 빠져나오듯 했다

목화솜을 잘게 찢어서
가볍게 두드려 모양을 만드는 거야

솜틀집 신기해하는 소년에게
울 엄니 나름 원리 일러 주셨으나
어딘가 뭔가 모자라고 부족하기만 했다

나중에 알았지만
흙벽 가옥 추위 견디려면
겨울철 두꺼운 솜이불 필요했고

대개는 홑청 바꾸는 것으로 대신했지만
삼사 년에 한 번은
솜을 틀어야 새 이불처럼 쓸 수 있었다

솜을 틀면 부피 줄어드는 탓에
똑같은 크기 이불 만들려면
반드시 다른 솜 더 섞어 넣어야 했고

목화솜이 한 군데로 쏠리거나
덩어리로 딸딸 뭉치지 않게 하려면
속싸개로 감싸 바느질로 촘촘히 얽어야 했다

이것들 모아
솜 틀기 해볼까?

며칠 전 옛 추억 떠올리며
잘 쓰지 않는 이불 가리키며
농 건넸더니 아내 눈이 동그래진다

하긴 어찌 그걸 알 수 있으랴
부잣집 딸내미가
사십 년 전 거기 얽힌 따사로운 추억을

나도 얼마 전
솜 틀어 썼는데?

듣고 있던 맏딸
난데없는 소리를 한다
요즘도 솜틀집이 있다고?

화들짝 놀라는 아비 향해
맏딸 신기하다는 듯
'인터넷에 다 나와' 한다

아뿔싸
몰랐던 거다
목화솜 여전히 쓰이니 솜틀기 있을 수밖에

게다가 요즘엔
열처리 소독으로
진드기 미세먼지 곰팡이 제거까지

고압 바람으로 솜 부풀리고
속싸개 새로 씌워 누비고
겉감까지 바꾸면 완전히 새 이불 된단다

모든 게 바뀌어도
안 바뀌는 게 있지

남자가 여자로 바뀌기도 하는 세상
울 아바이가 남 아바이로 바뀌지 않듯
따뜻하고 뽀송뽀송한 솜이불이 그런가 보다

여자가 남자로 바뀌기도 하는 세상
울 엄니가 남 엄니로 바뀌지 않듯
풋풋하고 송송한 울 엄니 그리움이 그런가 보다

어떻게 울 엄니 사랑은
생각만 해도 훤히 펼쳐지는가 몰라
솜틀기 속 솜이불처럼 신기하게도 말이야

2019. 8. 13.

술고래 – 울 엄니 126

울 아바이 술고래셨다
요즈막 기준 소주 다섯 병 분량
날마다 됫병 하나는 거뜬히 마셨다

오징어잡이 여름철에는
더위로 그나마 주량 줄어
시원한 바닷가에서 잔 기울이는 일 잦았으나

명태잡이 겨울철에는
추위 견디느라
출항 전부터 목구멍에 쏟아 붓기 일쑤였다

배 나가기 전 반주로 사 홉 들이 한 병
조업할 때 사 홉 들이 또 한 병
귀항(歸航)하자마자 사 홉 들이 마저 한 병

파랑주의보나 폭풍 일면
선주 집 근처에 몰려든 선원들과 어울려
아침부터 시간 가는 줄 모르고 퍼 마셨다

울 아바이 오십 줄 접어들고는
감당 제대로 못해
술주정 주사(酒邪)도 만만찮게 늘었다

아버지 모셔가라
고주망태가 됐다

어느 겨울 폭설로 출항하지 않은 날
중보호 선주 집에 놀러 갔더니
선주 마나님이 사 학년 소년 불러 세우셨다

얼마나 취했는지
혀 꼬부라져 발음은 술술 새고
몸 가누지 못해 일어서지도 못하는 상황

리어카에 태우고
집으로 가는 십여 분 눈길
행여 누가 볼세라 앞만 보고 내달렸다

주정은 거기서 끝나지 않았다
오줌 지린 바지 갈아입히는데
외상술 받아 오라 소리치는 울 아바이

받아 오지 말라고 눈치 주시는 울 엄니
갈피 잡지 못한 소년 문밖으로 달려 나가
마당에 쌓인 눈구덩이에 냅다 머리를 처박았다

두 다리 제외하고는
전신이 눈에 묻힌 형세
죽고 싶다는 생각이 꼴깍거렸으나

미처 십 분도 지나지 않아 밀려드는 추위에
도리 없이 눈 털고 들어서는데

뜻 없이 휘두른 울 아바이 주먹 실신하는 울 엄니

소년 눈 부라리고
아바이 향해 악다구니질 퍼부으니
그제야 아바이 주정 사그라들었고

그날 밤 자식들 모르는 새
선반 기둥에 목매려던 울 엄니
아바이 말리느라 소리 없이 끙끙끙

울 엄니 그로부터 나흘간
식음 전폐하고
몸져누워 아바이 눈빛 일절 외면하셨다

술 안 마시고
어찌 살았겠누?

그날 이후 술주정 줄어든 아바이
말 수마저 크게 줄더니

이듬해 여름 폐결핵으로 드러누우셨다

고향으로 돌아가지 못하는
실향의 아픔 깊은 탄식
술주정 미워도 차마 말 못한 시간들

병상에서 끝내 일어나지 못하고
칠칠 년 쉰아홉에 숨 거두시니
울 엄니 목 놓아 울면서도 아바이 뜻 헤아리셨다

'절대 술 안 마시리라'

울 아바이 영정 사진 들고
산에 오를 적
소년 몇 번이고 몇 번이고 각오 다졌고

서른 살 되기까지
술 입에 대지 않고 꿋꿋이 버텼으나
신문기자 직업 그게 문제였다

입사하자마자
소주 양주 폭탄주
선배들 마구잡이로 퍼 먹이니

마시지 않고 직장생활 불가하다 여겨
운동으로 다져진 몸에 술 붓기 시작하여

어느 대작 밀리지 않고 위풍당당 술 마시며

좌중(座中) 압도 하다 보니
이제껏 삼십 년째
술 벗 삼아 술고래로 살고 있다

술주정 없는 게 그나마 다행이나
절대 안 마시겠다던 다짐
뒷전으로 밀려났으니 어찌하면 좋을꼬

술꾼 아비 술꾼 아들
술고래 아비 술고래 아들
이름하여 그 아비에 그 아들 어찌하면 좋을꼬

2019. 8. 14.

꽁당보리밥　　　　　　　　－ 울 엄니 127

꼬꼬댁 꼬꼬 먼동이 튼다
복남이네 집에서 아침을 먹네
옹기종기 모여앉아 꽁당보리밥
꿀보다도 더 맛좋은 꽁당보리밥
보리밥 먹는 사람 신체 건강해

쌀이 부족했던 칠공 년대
정부 혼식 분식 뻑적지근 홍보할 적
프랑스 민요에 가사 붙인 노래 보급 나섰다

하지만 노랫말처럼
신체 건강해질는지는 몰라도
꿀보다도 더 맛좋다는 건 순전히 거짓말

납작보리 삶는 냄새부터 역겹고
한 숟가락 입에 털어넣으면
입안에서 알알이 굴러다니며 따로 놀았다

빈궁한 살림살이 쌀밥은 꿈도 못 꾸고
솥 한쪽 귀퉁배기에
울 아바이 드릴 쌀 조금 얹어 밥하는 게 고작

아이들 밥은
꽁당보리밥에서 쌀 골라낼 수준이니
꼬맹이들 아바이밥 먹고 싶어 매 끼니 안달복달

이건 아버지 밥!
이건 니 거!

울 엄니 부엌에서 밥 푸시며
일일이 밥그릇 주인 알려 주시면
소년 쟁반에 담아 둥그런 안방 식탁에 올렸다

울 아바이 식사하시다가는 으레
다 드시지 않고 절반 쯤 남기시면
울 엄니 아바이 향해 마저 드시라고 보채기 일쑤

소년 쌀밥 얻어먹을 잔꾀로
흘끔흘끔 울 엄니 눈치 살피다가
아바이 수저 내려놓기 무섭게 낚아챘다

오 학년 어느 봄날 저녁 식사
꽁당보리밥 지겹던 소년
아바이 밥그릇과 소년 밥그릇 바꿔치기

울 아바이 모른 척 수저 드시는데
누룽지 긁어 뒤늦게 식탁 앉으신 울 엄니
차마 무어라 이르지 못하시고 소년 노려보시니

아바이 손사래치시며
그냥 먹으라 하셨으나
눈칫밥 먹느라 소년 등줄기 식은땀 흥건했다

니가 무슨 잘못이겠냐?
쌀밥 못 먹인 부모 잘못이지

먼 훗날 추억 돌이켜
소년 그날 기억 말씀 드리니
울 엄니 씁쓰레한 웃음만 지으셨다

수제비 옥수수 감자 반대기
그 시절 홀쭉한 음식
돌아보면 그립기 그지없고

밥상에 옹송옹송 둘러앉아
밥 먹던 추억은 간절하지만
이제껏 보리밥 먹고프지 않은 건 기이할 지경

예순 살 코앞에 두고
이제 바뀔 만도 한데
왜 그리 꼴도 보기 싫은지 모를 일

다만 없는 형편에
남편만큼은 쌀밥으로 대접하고자 했던
울 엄니 지극한 정성이 그저 가슴 짠할 뿐이다

다 먹어도 시원치 않을 판에
자식들 조금이라도 쌀밥 남겨주시던
울 아바이 따사로운 배려가 다짜고짜 그리울 뿐이다

2019. 8. 15.

울산바위   – 울 엄니 128

일어나라
산이 맑다

모르고 살았지만 돌이키면
울 엄니 깨웠던 새벽
울산바위는 늘 싱그러웠다

모르고 살았지만 되새기면
울창하니 싱그러웠던 날
울산바위는 늘 눈비 내린 이튿날이었다

어쩌면 그리 명징(明澄)했던지
어쩌면 그리 후련했던지
어쩌면 그리 시리도록 고왔던지

사는 게 늘 그랬다
눈비 내려
날 궂은 뒤에야 비로소 수려했다

일어나라
바람이 세다

때론 바람이 불고
때론 안개가 감싸고
때론 구름이 끼고

울산바위 변함없이
그 자리 그 모습이어도
소년에게는 한 번도 똑같은 적 없다

어찌 그리 우람했던지
어찌 그리 아담했던
어찌 그리 담담했던지

사는 게 늘 그랬다
그는 만날 그 모습이건만
비바람이 언제나 달리 보이게 했다

슬픈 날엔
산이 운단다

나 기쁘기도 하고
나 우울하기도 하고
나 아프기도 하고

울산바위 꿈쩍없이
그 자리 그 모습이어도
소년 눈에는 마냥 변화무쌍했다

어쩌면 그리 명랑했던지
어쩌면 그리 초라했던지
어쩌면 그리 참담했던지

사는 게 늘 그랬다
그는 매양 떳떳하건만
내가 오락가락 달리 볼 뿐이었다

울긋불긋
울렁울렁
울컥울컥

2019. 8. 21.

발 – 울 엄니 129

발이 엉망이 됐구나

울 엄니 안쓰러운 눈빛으로
국민학교 이 학년 소년의 발
이리저리 한참 어루만지시고는

대야에 따뜻한 물 채워
안방에서 손수 발 씻기시며
바늘 끝을 머리에 쓱쓱 문지르셨다

성게에 찔렸는데 안 아팠어?

성게 가시
조심스럽게 빼내고는
아까징끼 바르시며 혀를 끌끌 차신다

하긴 영금정 바닷가 바위 타고 노노라면
발라 먹고 버린 성게 가시에
걸핏하면 발바닥 찔려 시커멓게 물들었으니까

성게 때문은 아닌가 본데?

날마다 발 씻기시며
살피던 울 엄니
며칠 뒤 고개 갸우뚱하시고는

피부 벗겨져
가려워하는 소년 발에
비싼 연고 사다 발라주셨다

발이 왜 이렇지?

두어 달 동안 연고 발랐는데도
나아지기는커녕
겨울 접어들면서 뒤꿈치 쩍쩍 갈라지자

정성껏 약 발라주시는
울 엄니 얼굴에
깊은 근심 절로 서렸다

이게 효과가 좋다더라

얼마 뒤 뜨거운 물에
뭔가를 넣고는
발 담그라 이르시어

소년 눈 동그랗게 뜨고
무엇인가 여쭈니
양잿물이라 알려주신다

양잿물이 뭐예요?

아궁이나 화로에서
짚이나 나무를 태운 재에
물을 부어 우려낸 물이 잿물이요

비누 없던 시절
빨래할 때 주로 썼고
코쟁이들이 들여온 잿물이 양잿물이라

좀 따가울 거야

잔뜩 긴장해 발 담그는 순간
갈라진 상처로 스미는 찌릿한 통증
울 엄니 인정사정없이 비벼대는 엄지손가락

비명 터지고
인상 일그러지고
등줄기에서 식은땀 흘렀다

발 담그고 가만히 있어라

시간 흐르면서
따가움 사라지고
상처 부위 얼얼해지고

삼십 분쯤 지나 발 닦으니
오밀조밀 발가락

허여멀겋게 불어 쪼글쪼글했다

날마다 씻어야 한다

울 엄니 하루도 거르지 않고
소년 발 챙기셨고
양잿물 어떤 약효 있는지 몰라도

사나흘 뒤부터
갈라진 뒤꿈치 아물다가
그해 추위 가실 즈음 말끔해졌다

신발이 너무 엉망이었지

바위에서는 성게 가시에 찔리기 보통
도로에서는 땡볕에 녹은 골탕 밟기 일쑤
모래사장에서는 유리 조각에 베이기 다반사

울 엄니 말마따나 부실한 신발 탓에
그 시절 발은

요즈막 상상도 못할 만큼 혹독히 혹사 당했다

잠깐 일어나 봐요

울 엄니 세상 뜨시기 여섯 달 전
퇴근 후 늘어진 아들
어깨 흔들어 근엄히 깨우시고

낯설고 어색한 높임말에
눈 비비고 일어나 앉으니
김 모락거리는 대야 하나 곁에 가지런했다

예수님도 제자 발 씻기셨다지?

힘겨워하는 아들
발 씻기고자 예비하신
울 엄니 곡진한 성심(誠心)

사막 발싸개 풀어내고
제자 발 씻기는 예수 환영(幻影)이
울 엄니 머리 위로 희붐히 어른거렸다

오늘은 제가 씻어 드릴 게요

무더위 뒤로 부는 서늘한 바람
희끗거리는 머리칼 빗어 넘기노라니
왠지 모르게 이런 맘 몹시 간절하건만

이십육 년 전
세상 뜨신 울 엄니
부질없는 미소만 어른거렸다

그저 고맙습니다

살아계신 내내
잠자리에 드는 아들 발
포근한 이불로 감싸주시던 울 엄니

그 사랑 덕에
오늘 버젓이 살아가니까요
그 정성 덕에
오늘 굳건히 살아가니까요

2019. 8. 23.

영결(永訣)   – 울 엄니 130

구삼 년 초겨울 어느 날 오후 열 시 즈음
신문사로 걸려온
돌 갓 지난 아이 키우느라 바쁜 아내 전화

웬만해서는
남편 회사로 전화 하는 법 없는
아내 목소리 촛불처럼 흔들거렸다

어머님이 교통사고로
돌아가신 것 같아요

마른하늘에 날벼락
그게 다였다
그 이상 아무 것도 아내는 몰랐다

형과 통화해
뺑소니 교통 사망 사고 확인
울컥해 사무실 나서는데 코끝 찡

울 엄니 해쓱했던
그럼에도 당당했던 모습이
비 갠 날 울산바위처럼 다가왔다

해끗해끗한 어머니 머리칼
어느 자식이 안쓰럽지 않을까마는
고결 숭고한 울 엄니 돌연 이별은 서러웠다

어디서 났건
어찌 자랐건
울 엄니 생애는 소년이 본 게 전부일밖에

아바이 시신 앞에서
집안 믿음 갈리면 안 된다 하시며
큰 형 다니던 교회 스스로 나가신 울 엄니

아바이와 인연 기려
하루도 빠지지 않고 십육 년 간
냉수목욕에 새벽기도 다니신 울 엄니

아들 왕 되면 대비도 절하는 법이라며
인사하러 온 아들 며느리 향해
큰 절로 예 갖춰 놀라게 하신 울 엄니

그 애련하고도 충장(充壯)한 자태
뒤로 하고 황급히 떠나셨다니
어안만 벙벙할 뿐 믿기지가 않았다

같이
들어가 보자

작은 형 목소리 압도하는 철커덩 쇳소리
하얀 수시포(收屍布)에 덮인 시신
삐죽이 옆으로 삐져나와 늘어진 거룩한 팔

아악

천을 젖히는 찰나 여동생 비명
차량 바퀴에 짓이겨져
형체조차 알아볼 수 없는 얼굴

추운 날 즐겨 신던 털신 아니었다면
울 엄니 아니라고 고개 저을 상황
목덜미에 응어리져 번진 곡절한 핏방울

실신한 여동생 부축해

안치실 나오는데
넋 잃은 가족 통곡이 윙윙거렸다

그로부터 사흘 내내
끊이지 않는 조문객 발길
울 엄니 칭송하는 떠들썩한 소리

광중(壙中)에 시신 넣고
취토(聚土)에 봉을 짓고
하산하면서 울 엄니 말씀 떠올렸다

까먹지 않은 건
아주 좋은 일이지

망각은
신이 내린 선물이라지만
귀한 기억이야말로 더 없는 축복

그래
그렇게 보낸 울 엄니
어느덧 스물여섯 해 째 마주하고 보니

좋은 만남이요
좋은 삶이요
좋은 이별이었다

어떤 빈궁도
어떤 서러움도
어떤 아픔도

잊히지 않은 추억
고운 추억
아름다운 추억으로 남아있음이다

추억은 아름다워
밉도록 아름다워
더없이 아름다운 영결이었다

2019. 7. 27.

타이쓰   - 울 엄니 131

칠공 년대
어지간히 살던 집안
국민학교 사내 아이들

봄 가을로
반바지에 받쳐
하얀 색 타이쓰 즐겨 입었어요

타이쓰(タイツ)는
역시나
타이츠(tights)의 일본식 발음

본디 발레 체조 연습할 때
몸에 꼭 달라붙게 입는
하의(下衣)를 뜻했으나

시골에서는
쌀쌀한 날씨 어린이 방한용
허리까지 오는 긴 양말을 가리켰어요

뜻 모르는 꼬맹이들
타이쓰라고도 하고
타이즈라고도 불렀지요

팬티스타킹보다
다소 굵은 실로 짠 것으로

꼬맹이들 모자까지 갖춰 입으면

단정하고 단아한 품에서
부잣집 자식 티 줄줄 흘렸고
가난한 아이들 부러움 줄줄 샀어요

입고 싶었지?
소풍 갈 때 입거라

사 학년 소년에게
처음이자 마지막으로
반바지에 타이쓰 주어졌어요

봄철 흉어기인데도
아바이 새치 잡이
제법 호황이었던 모양이에요

타이쓰 차림에 스파이크까지 갖추고
보광사 가는 소풍길
발걸음이 날아갈 것처럼 가벼웠지요

덩치 좋으니
니가 선수로 나가라

하지만 점심시간 끝나고 벌어진
학급 대항 씨름대회에서 담임 지시

타이쓰에 신경 쓰느라 그만 넘어지고 말았고

게다가 애지중지 타이쓰
상대편 손가락에 걸려
허리 부위 북 찢기니 절망이었어요

어쩌다
이 지경이 됐어?

울 엄니 딱한 표정으로
꼼꼼히 찌거매 주셨으나
그것도 잠시

사흘 뒤 발가락에 구멍 나 다시 깁고
뒤꿈치에 묻은 때
아무리 빨아도 지지 않아 애먹었지요

운동선수가 입으면
금방 찢어져서 안 돼

타이쓰는
덩치 작은 애들이 입는 것이라며
울 엄니 이후 소년에게 일절 사 주지 않으셨고

야구 선수로 뛰던 사 학년
씨름부 주장하던 오륙 학년
소년에게 타이쓰는 그림의 떡이 됐어요

저게 무슨 옷이라더냐?

울 엄니 TV보다가
연예인 가슴 파인 옷 보고는

이렇게 말씀하시며 혀를 차셨지만

언제부턴가 요즈막엔
요가 따위 할 때 입는 운동복
레깅스(leggings) 옷차림으로 시끌벅적해요

몸매 과시하려는 여성들
레깅스 몸에 너무 붙다 보니
남성들 눈요깃거리로 전락했다는 거지요

여성 주요 부위 도드라지니
사내들 흉흉한 눈길 쏠리고
이걸 또 광고하니 '성(性) 상품화' 논란 이는 거죠

속 빈 강정!
이런 말이
자꾸 떠오르는 까닭이 뭘까요?

속이 비다 보니
자꾸 자신 드러내야 성에 차고
그러다 보니 자꾸 벗으려는 건 아닌지

벗으나마나 매 한 가지인
노회(老獪)한 사내
구시렁거리는 소리는 또 아닌지

어쨌거나 맘껏 입지 못한
어릴 적 타이쓰가
어리바리 그립기만 한 초가을이네요　　　2019. 8. 31.

———————

*새치='임연수어'의 속초 말
*찌거매='꿰매'의 강원도 방언

한가위   - 울 엄니 132

오십 년 내내
사랑 뭉뚱그려 아이 빚고
재주 휘갑쳐 글 빚었으나

뜻 두고 빚은 것은
어느 하나 가릴 것 없이
죄다 별무신통(別無神通)하고

무지근한 시간 언저리
빚기 꺼려하던 빚만
온통 수북이 쌓였습니다

돌고 돌아
돈이라지만
제대로 돌아든 적 없고

고풍스럽던 영혼마저
방치한 시간에
울컥 접질리기 일쑤였으니까요

올 한가위에는
날마다 기도하시며
아들딸 무사함 빌던 울 엄니처럼

애틋한 마음으로
두 손 모으고

풍성풍성 보름달 갸륵히 우러러

돌보지 못한
숱한 빚더미 흔적들
고이고이 바루어야 하겠습니다

간간이 접질려
뭉뚱그려진 영혼까지
한 올 한 올 빚어야 하겠습니다

울 엄니께 다례 올리는
넉넉한 한가위니까요
더도 덜도 말라는 한가위니까요

2019. 9. 12.

새벽 비   - 울 엄니 133

타다다닥
타다다닥

이른 새벽
난데없이 드센 두드림

누군가
손님이라도 오시었나?

커튼 젖히니
새벽비가 세차게 창을 두드리고 있다

토도도독
토도도독

언제였던가
날 일깨우던 두드림

맏아이 태어나던 날
정수리 두드리던 찌릿한 환희 같은

울 엄니 하늘 가신 날
가슴 두드리던 우릿한 통증 같은

쿵쿵 쿵닥쿵닥
쿵쿵 쿵닥쿵닥

그러고 보니
한동안 잊고 살았구나

심장은 뛰는데
가슴이 뛰지 않았구나

온통 둔감하고
도통 벙벙하기만 했구나

투두두둑
투두두둑

2019. 7. 10.

노가리촌

– 울 엄니 134

칠공 년대 소년 집
각종 끄네끼
유난히 많았어요

묶거나 꿰거나 엮는데 쓰는
기다란 끈을
뱃사람들은 끄네끼라고 불렀죠

가느다란 실에서
굵고 튼튼히 꼰 동아줄
세 가닥을 지어 굵다랗게 꼬아낸 밧줄까지

여름철 오징어 낚싯줄은 경심
굵기에 따라 매겨진 호수
오징어잡이에 쓰는 경심은 이십 호 수준

낚시로 낚는 명태 이름은 낚시태
싱싱한 탓에
그물로 잡은 그물태보다 두 배는 더 비쌌고

낚시태에 쓰는 끄네끼는
아주 부드럽고 유연한 실에
낚싯바늘 다부지게 엮어 묶었지요

양미리 토막낸 미끼 낚싯바늘에 끼워
차곡차곡 함지에 일일이 담아내느라

아주마이들 허리 죽도록 휘었죠

명태그물 기울 때 쓰는 보망실은
그물 굵기와 똑같은
가느다란 나일론실을 썼어요

그물 위쪽 우쿠세에는
질긴 동아줄 끼워 묶고는
여기에 부상(浮上)용 진공 유리다마 매달고

그물 아래쪽 아래쿠세에는
아바이 엄지손가락 굵기 밧줄 덧대고는
여기에 침하(沈下)용 돌멩이 매달았지요

속초 청학동 금호동 사이
산허리에 자리잡은 판자촌 마을을 가리켜
다들 노가리촌이라 불렀어요

데구리(手繰り)배라고 불리던
저인망(底引網) 어선이 잡아오는
노가리를 집중 말리던 동네 이름이었죠

큰 데구리배는 오(大)데구리
작은 데구리배는 고(小)데구리
모두 식민지 시절 쓰던 일본어랍니다

저인망 어선이란
자루 모양의 아주 커다란 그물을
바다 속에서 끌고 다니며 물고기 잡는 배예요

한 척이 끌면 외끌이 저인망
두 척이 끌면 쌍끌이 저인망
바다 속을 샅샅이 훑어 지금은 불법어로랍니다

데구리배가 잡는 어종은
주로 명태 새끼 노가리
그물코가 작아 닥치는 대로 잡아 올렸고

그 여파로
팔공 년대 동해안에서
끝내 명태 씨가 말라 버렸죠

데구리배가 잡아들인
산더미 같은 노가리
어판장에서 입찰 끝내고

리어카에 실려
차례로 노가리촌으로 옮겨지면
가는 동아줄에 끼워져 덕장에 걸렸어요

리어카만 전문으로 끄는 일꾼 사이에서
가난한 고교생들

리어카 끌면서 학비 충당하기 예사였고

가파른 산허리 오르노라 낑낑거리면
교복 입은 학생들
아무런 조건 없이 뒤에서 쓱쓱 밀어 주었죠

한밤중 노가리촌 지나다
한 움큼씩 마른 노가리 뜯어
안주 삼아 소주 마시던 청소년 허다했고요

종간나 새끼

노가리 몰래 뜯다가 이런 고함 들리면
골목으로 냅다 줄행랑
설령 붙잡혀도 질펀한 욕지거리로 끝이었어요

명태 노가리 걸어 말리는 곳이 덕장
아바이 종아리 굵기 고랑대 길게 엮어
노가리촌 집집마다 마당에 이 층으로 올렸어요

아주마이들 노가리 내장 신속히 빼내고는
동아줄에 끼워 덕장 이 층으로 올리면
날렵한 중고생들 척척 받아 고랑대에 묶었죠

노가리 내장 잘 따려면
잘 드는 칼 확보는 필수
칼 벼리는 대장간 화덕 밤늦도록 뜨거웠어요

노가리 다 마르면 덕장에서 내려
다시 싸리나무에
스무 마리 한 두름씩 끼우는 관태(貫太) 작업

부모 도와 노가리 일하랴
학교 다니면서 공부하랴
중고생들 비린내 맡으며 많이들 허덕였죠

그땐
노가리가 밥이었지

그랬어요
울 엄니 말씀대로
노가리는 밥이요 아이들의 미래였어요

걸어 말린 노가리 팔아
보리쌀도 사고
학교 등록금도 마련했으니까요

그 시절 노가리 남획 여파로
이젠 한 마리도 볼 수 없어요
당연히 노가리촌도 사라지고 말았죠

노가리와 더불어
쑥쑥 자라던 아이들
어느덧 예순 남짓한 나이

이따금 노가리촌 찾으면
늙수그레한 아바이 아주마이
때꾼한 두 눈만 꼬부랑 끔벅거려요

명태 떠나고
노가리 떠나고
오징어 떠나더니

자식마저 떠난 노가리촌에서
이젠 아바이 아주마이가
하나 둘씩 차례로 떠나고 있어요

그리고 오래잖아
우리까지 떠나면

애련한 노가리촌 기억마저 사라질 거예요

끄네끼에 매달린 방패연
줄 끊어지듯
다시없을 기억 너머로 가뭇없이 사라질 거예요

2019. 9. 20.

깡통 차기   – 울 엄니 135

눈이 오나 바람 부나
학기 중이거나 방학 중이거나
비만 오지 않으면
꼬맹이들 깡통 차면서 진탕 놀았다

취학 전 아동 즐기던
숨바꼭질 시들해질 무렵
그 자리 대신한
한 단계 수준 높은 깡통 차기

숨바꼭질이
굴뚝이나 기둥을 기지로 삼았다면
깡통 차기는
땅바닥에 그린 원 하나가 기지였다

지름 삼십 센티 원을 그리고
가위 바위 보로 술래 정한 뒤

원 가운데 세워 둔 깡통 하나
누군가 냅다 걷어차고
술래가 원 안에 집어다 두는 사이
꼬맹이들 굴뚝이나 담장 뒤에 모두 숨었다

숨은 친구 찾아내 이름 부르고는
술래가 깡통 밟으며 꽝 하고 소리치면
적발된 친구는 죽은 것으로 간주돼

술래 근처에서 대기하다가

누구든 술래 눈에 띄지 않고 달려 나가
깡통 걷어차면서 '꽝' 하고 소리치면
죽었던 친구들
모조리 살아나 다시 달아나서 숨었다

꼬맹이 전원이
술래 눈에 띄어 죽으면
맨 처음 죽은 꼬맹이가
술래가 되었고

깡통 안에 공깃돌만한 자갈 넣어
깡통 찰 때 더욱 요란한 소리 나도록 하여
빈 깡통이 요란하다는 속담
절로 쏠쏠한 체험으로 익혔다

한국민속대백과 사전이
경기도 가평 평안도 안주 지역에서
두레박 차며 놀았다는 통차기가
일제강점기 기록에 있다고 소개한 걸 보면

본디
두레박 차고 놀다가
걸핏하면
깨지기 일쑤여서

미군이 통조림 들여온 이래
깡통 주워 놀았을 법하고
칠공 년대 들어 깡통 차기가
마땅한 놀이 없던 시절 큰 인기 끌었을 법하다

깡은 캔(can)의 일본식 발음
여기에 통을 붙여
깡통 되었으니
깡통마저도 시작은 언어 오염

칠공 년대 어느 한 곳 달랐을까마는
소년 살던 속초 바닷가에서도
곳곳 쓰레기더미에서
꼬맹이들 깡통 수북이 주워 차고 놀았다

나라 경제 나아지면서
널리 번지던
번데기 복숭아 꽁치
각종 통조림 깡통

대충 하나 골라잡고는
동네 아이들 두루 불러내
둘이든 셋이든 다섯이든 열이든
모이는 대로 깡통 차기 흠뻑 즐겼다

한꺼번에

여럿이 뛰어 나가면 어찌될까?

꼬맹이들 노는 모습
간간이 지켜보던 울 엄니
하루는 소년에게 살며시 귀띔하신다

그랬다
단합의 힘!

깡통 차기 꼬맹이들 짜고
우르르 일제히 몰려 나가면
아이들 이름 일일이 부를 수 없는 술래
도리 없이 당할 뿐

소년 제안으로
담합 깡통 차기 벌이니

꼬맹이들 하나같이
깔깔거리며 재밌어 했지만
줄곧 술래였던 친구는
잉잉 울면서 혼자 집으로 가야 했다

그 후로 담합 깡통 차기
몇 차례 더 벌어지고 나서는
깡통 차며 노는 아이
한동안 동네에서 볼 수 없었다

단합이든
담합이든
누군가
한 사람에게만 집중되는 쓰라림

가하는 자의 기꺼움이
당하는 자에게 시달림이라면
가하는 자의 놀림이
당하는 자에게 괴로움이라면
하물며 그것이
우리가 살아가는 삶 속이라면

어찌 살아야 바로 사는 것인지를
깡통 차기가 우리에게
잔잔히 일깨우고 있지 않은가?
담담히 일깨우고 있지 않은가?

2019. 9. 25.

망우리

- 울 엄니 136

정월대보름이면 으레 오곡밥에
부럼 깨물거나
귀밝이술 마셨지만
어디까지나 이는 어른들 주도였고

꼬맹이들은
불붙인 깡통
빙글빙글 돌리는 쥐불놀이
강원도 말로 '망우리' 돌리고 놀았다

통조림 깡통 주워다
못으로 숭숭 구멍 내고
기다란 철사로 손잡이 엮으면
근사한 망우리 하나 만들어졌고

불붙은 숯 깡통에 넣고
여기저기 옮겨 다니면서
나뭇조각 주워 담아
빙빙 돌리면 불이 활활 일었다

망우리는 대개
어둑어둑할 즈음
밭으로 개간된 뒷동산에 올라
어둠 속에서 두어 시간 가량 돌렸다

산꼭대기에서

불붙인 망우리 돌리면
불타는 소리
북북 바람을 갈랐고

아이들 두루 몰려들면서
불덩이로 그리는
큼지막한 원은
보름달 아래 근사한 불놀이였다

꼬맹이들은
불태울 나뭇조각
따로 마련하지 않고
눈에 띄는 대로 주워 불살랐다

서울에 공동묘지 이름이
망우리라고 있다더라

나이 들어 상경하여
서울 구리 오가다가
울 엄니 말씀하신
망우리 공동묘지 보았다

태조가 동구릉에 묘지 터 정하고
궁궐로 향하다 망우리 고개에서 묘터 향해
과연 명당이로다 감탄하며
근심(憂)을 잊게(忘) 됐다는 유래의 지명

이거으로 '망우리는 쫑났다~

보름 전후 해
닷새 남짓 벌이는 망우리
그 시절 우린 왜
그토록 열심히 망우리 돌렸던 것일까?

재미도 재미였으나
가난한 시절
근심 잊고자 하는
망우(忘憂)는 혹여 아니었을까?

주워 불태우는
나뭇조각 하나하나에
빈궁이 타고
풍요 향한 염원이 타오르진 않았을까?

공동묘지
죽는 자 흔적 태우고
산 자 영혼 불사르는
거룩한 이별의식은 아니었을까?

국민학교 졸업 직후였던
칠육 년 이월 스무이틀
망우리 돌리기
마침내 마감되었다

중학생 되면서

달라진 놀이문화에
산불 이유로 호루라기 불던
의용소방대원 설레발 탓이 컸다

보름달이 두둥실 떠오른 뒷동산
망우리 돌리던 꼬맹이 여남은 명
거칠게 부는 의용소방대원 호각 들으며
불붙은 망우리 공중으로 냅다 던진 게 끝이었다

허공으로 날아오른 망우리에서
사방으로 튕겨 나가는 불꽃 조각은
생애 처음이자 마지막이요
국민학교 놀이 추억 마무리하는 찬란한 불꽃놀이였다

2019. 9. 27.

원래 그랬던 건데   – 울 엄니 137

소년 고교 졸업까지
아니, 가족 모두 떠나기까지
내내 살았던 고향 마지막 주거지로

칠삼 년 어느 봄날
사 학년 바닷가 소년
속초에서의 마지막 이삿짐 뻘뻘 날랐다

울산바위 아랫마을 자활촌에서
속초 시내로 내려와
이리 저리로 무려 여섯 번 이사

하도 잦은 옮김은
이사하지 않는 게 이상하리 만치
꼬맹이 머리 마구 들쑤셔 어지럽혔다

오징어 명태 풍어 좇아
밀려드는 인파 탓에
시내에서 자가(自家) 보유는 버거움

이북에서 월남해
소작농으로 살다가
해마다 되풀이되는 보릿고개 싫다고

시내로 무작정 옮겼던 아바이
어구(漁具) 두루 장만하느라

허송(虛送)하듯 세월 삼 년 보내고

영랑동 바닷가에 간신히
만이천 원짜리 오두막 샀던 것인데
나라가 십오 년 상환 수해주택 지어 주어

바닷가 큰 파도 피해
해일 영향 미치지 않는 곳
열두 평짜리로 일거에 이주하였다

정부가 지어주는 집은
게딱지같은
무허가 판자 주택과 제법 달랐다

구멍 뚫린 블록이
밀도 촘촘한
시멘트 벽돌로 바뀌고

황소바람 스미던 홑창은
냉난방 걱정 없는
이중창으로 탈바꿈했으니까

월남 스무 해만에
집다운 집에 입주한 아바이
집 향한 애착은 그악히 억척스러웠다

없는 돈에 어찌 구했는지
푸르뎅뎅한 수성페인트 거실 벽에 칠하고
도배지로 두 칸 방 벽면까지 마무리했으니까

하지만 천장 도배지 살 돈까지는
미처 구하지 못해
시멘트 종이 초벌 도배 상태로 이 년

방바닥에 누워 천장 응시하던 소년
쌍용시멘트 공장
주소 전화번호까지 줄줄 외우고 살았다

누가 이랬어?

애집(愛執) 탓에 사달 난 것은
입주 후 여섯 달 보낸
그해 초봄 어느 날이었다

수성페인트 도색 벽면에
누군가 그려 놓은
어지러운 크레용 낙서

솜씨 즈음으로 보아
세 살 배기 막내 소행이나
울 아바이 불끈한 눈빛으로 물으시고

누구 소행인지는 알 수 없으되
낙서 된 바 진작부터 알고 있던 소년
무심코 내뱉은 한 마디에 벼락이 떨어졌다

원래 그랬던 건데....

순간 아바이 눈에서
시퍼런 섬광 쏟아지고
어느새 손에 든 몽둥이 천둥소리를 냈다

이 노무 자식
원래부터 그런 게 어딨어?

다짜고짜 흠씬 맞았다
머리에 혹 불거지고
팔뚝에 멍 도드라지도록

사십 년 넘게
시간 흘렀건만
지금껏 왜 맞았는지 몰랐다

아들 소행이라는 자신만의 자신?
불퉁스러운 말투?
동생 관리 부재 책임 추궁?

아니면
곤궁에 겨운 울 아바이
불편한 심사 배설 수단?

그로부터 사 년 밖에 살지 못하고
이승 뜨면서
미안했노라 한마디 없었던 아바이

내막 연유 모르고
죽도록 얻어터지고도
한 번도 억울하지도 서럽지도 않았으나

원래 그런 게 어딨냐는
니 아버지 말은 틀린 게 아니지

구타 사실 뒤늦게 알아챈 울 엄니
안티프라민 발라주시며 하신 말씀은
이제껏 뇌리에 웅크려 잔향으로 감돈다

벽면 낙서
누군가 그린 것이지
원래 그런 건 아닐 테니까

그리고 보면

평생 찾아 헤맨 게
원래 내 모습이었다

난 원래
어떤 모습이었을까?
때 묻고 덧칠되기 전 원래는 무엇일까?

사는 동안 우리는
원래를 찾아가는 걸까?
원래를 잃어가는 걸까?

요즈막 보니
원래부터 없던
원래를 찾아 그리 살았던 게다

참으로
어리석게도
긴긴 시절 그리 살았던 게다

2019. 9. 28.

강판(薑板)

비 오면 흔히
'파전에 막걸리'라고들 하지만
감자 흔하던 강원도는
감자 지지미가 대세였어요

한여름 바닷가에서
홍합 넣은 섭죽 끓여 먹을 때에도
나른한 여름철 오후
후줄근한 빗줄기 추적거릴 때에도

강판에 감자 슥슥 갈아
프라이팬에 노릿노릿 지지미 부쳤어요

요즘처럼 성능 좋은
스테인리스 강판 살 수 없던 시절
가장 만만한 강판은
분유 깡통 편평히 바루어 편 것

못으로 구멍 송송히 뚫어
가운데 빈 널빤지에 덧대 썼고
구멍 뚫리면서 찢어진
날카로운 깡통 이빨에

감자 살근살근 문지르면
둥그러니 그릇에 차곡차곡 쌓였어요

감자 좀 갈아라
지지미 부쳐 주마

울 엄니 건네는 껍질 벗긴 감자
국민학생 콧노래 번번이 즐거웠죠

큼지막한 감자 가는 일
수월수월 대수롭지 않았으나
생강만한 크기로 줄면
제법 난망한 일이었어요

자칫 잠깐 방심하면
손가락에 생채기 일쑤여서
핏물 조르륵 흐른 감자전
도리 없이 부쳐 먹어야 했거든요

신기한 건 강판의 강이
'생강강(薑) 자'란 사실이에요

생강 가는 도구가 본디 강판이었다면
좀 더 촘촘하고 작은 이빨이어야 했는데
당시 알 길 없던 꼬맹이
지나치게 큰 구멍 냈던 게지요

백만 불 수출 천 불 소득
칠공 년대 국가 경제 목표

팔공 년대 들어 무난히 달성하더니
어느 순간 집집마다 플라스틱 강판 등장했어요

무채까지 만들 수 있는
다양한 용도 자그마한 강판
날카로운 이빨 없으니
감자 갈 때 다칠 일도 없었지요

이걸 쓰면
이상하게 맛이 안 나

플라스틱 강판 쓰면서
울 엄니 고개 갸우뚱하셨어요

한 자리에서 거뜬히
호떡 스무 개 먹어치우던 고교생
맛이 있건 없건
먹을 것만 있으면 고마운 시절

울 엄니 말뜻
좀처럼 헤아리지 못 하다가
강물 같은 시간 흐른 뒤에야
손맛 없는 음식 맛 모자람 깨쳤지요

믹서에 간 고춧가루 맛
기계로 썬 오징어회 맛
이런 기계 맛을
어찌 손맛에 견주겠어요

손맛은
정성이란다

입버릇처럼
말씀하시던 울 엄니

플라스틱 강판에 감자 갈던
그 편리한 맛이
깡통 강판에 피 흘리며 애쓴
정성 지지미 맛에 못 미쳤던 거예요

세상살이는
마치 시소게임 같아서
한쪽이 올라가면
반대쪽은 반드시 내려가는 법이라잖아요

편리 즉석 수월이
한없이 올라가는 동안
정성 사랑 건강은
속절없이 곤두박질쳤어요

손맛은
정성이란다

울 엄니 보내고
이십육 년 세월
그리운 손맛이
유난히 가슴 울리는 가을입니다

2019. 10. 1.

―――――――――

*섭죽=홍합을 넣고 끓인 죽

못꽂

일사사륙 년 훈민정음 해례본에
'몯'이란 이름으로 처음 등장해
오백칠십 년 넘게 고스란히 쓰인

목재 접합이나 고정 위해
쇠 나무 대 따위로
끝을 가늘고 뾰족하게 만든

개중 편리하다는 이유로
쇠로 만든 것이
지금까지 가장 사랑 받았던

이 것을
고향에서는
'못꽂'이라 불렀습니다

쇠는 쇠꼽
자물쇠는 쇠때
못은 못꽂

궁핍만큼이나
문화 수준 빼빼해
한글조차 깨치지 못하던 시절

표준어면 어떻고
사투리면 저떻고

뚝딱!
뚝딱!

가리지 않고 썼던 이름

선박 건조하던 뱃공장 덕에
물고기 상자 짜던 제재소 덕에
너끈너끈 융숭히 못꽂 넘쳐났습니다

크고 작은 못꽂 구해
꼬맹이들 빙구도 짜고
빙구 송곳도 만들어 썼으나

못 박힌 목재
함부로 방치한 탓에
주의 거칠고 방만한 꼬맹이들

못꽂 밟아
신발 뚫리고
발바닥 찔리기 다반사

비 오는 날 신지 못하는
구멍 뚫린 장화
발목 상단 가위로 잘라 신어야 했습니다

신발이야
자르건 때우건
요령껏 신으면 그만이지만

말썽은 깊숙이 찔린 발바닥
자칫 상처 덧나
파상풍이라도 걸리면 야단

높은 병원 문턱 항생제도 없이
발바닥 상처에서 진물 날 때까지
망치로 발바닥 내내 두드려야 했고

소년 누차 찔리고도
단 한 번 도지지 않았으니
아둔한 망치 두드림 효과 쏠쏠했습니다

다행이다 다행이야
하늘이 돌보셨구나

오학 년 겨울 어느 날
빙구 타던 소년 사고 당하자
상처 어루만지며 울 엄니 한동안 울먹이셨습니다

칠오 년 이월 들어
꽁꽁 얼었던 얼음이
살금살금 녹아 흐르던 오후

빙구에 쪼그려
논에서 얼음 지치다가
한 뼘 가량 녹아내린 논두렁

호기심 반 배짱 반
내달려 넘던 중
우당탕탕 나뒹굴어 혼비백산

간신히 정신 수습하여 일어서는데
팔뚝 길이 송곳이
볼에 꽂혀 덜렁거렸습니다

화들짝 놀라 살피니
송곳이 볼 관통해 입속까지 뚫었고
뻑뻑이 박힌 놈 와락 뽑아내자 선혈이 철철

아픈 줄도 모르고
집에 들어가
망치로 볼을 정신없이 두드렸습니다

울 엄니 말씀처럼
틀림없는
천우신조(天佑神助)

빙구 송곳 자칫하여
목 찔렀더라면
불귀의 객 됐을 지 모를 일

고맙습니다
아주

고마울 따름입니다

누구나
한 번은
가게 마련이라지만

몸 터럭 살갗은
부모에게 받았으니
감히 훼손하거나 상하지 않음이 효의 시작이라

이리 이르신
공자 말씀
허수로이 빌리지 않더라도

고맙고
고마운 것은
목숨 부지가 아니었습니다

목에 못꽂 꽂히지 않아
울 엄니 가슴에
대못 박히지 않았음이 고마움이었습니다

볼에 못꽂 꽂혀
울 엄니 가슴에
소년 묻히지 않았음이 고마움이었습니다

그리고 가을비 추적거리는 오늘
하늘 울 엄니 향해
고마움 전할 수 있는 고마움이었습니다

2019. 10. 8.

호야, 그리고 호롱　　　　－ 울 엄니 140

호야를 아시나요?

어른 주먹만 한 석유통에
심지 드리우고
유리 등피 끼워 넣었던

호롱과 더불어
전깃불 들어오지 않던
시골에서 가장 많이 썼던

호야등 호야불이라 하되
램프에서 비롯돼
남포라고도 부르던

심지 감아올리고 등피 들어
향로 성냥으로 불붙이면
발그라니 피어올라 어둠 살랐던

심지에서
그을음 피고 냄새 나면
석유가 바닥나 심지가 타던

호롱을 아시지요?

석유를 담아

불을 켜는 데 쓰는
사기 유리 양철 따위로 만든

아기 주먹 크기 병 모양에
석유 담는 둥그스름한 그릇
뚜껑에 심지 박아 불을 켰으나

하얀 유약 바른
사기 호롱이
그중 가장 널리 쓰였던

불을 밝게 하려고
심지 두 개를 사용하면
이것을 쌍심지라 일컬었던

음~
기분좋은 냄새

몹시 흥분해
불이 일 듯 두 눈 부릅뜨는 걸
눈에 쌍심지 켠다고 말하였던

등잔을 아시나요?

화등잔(火燈盞)이라고도 부르는
등잔은
호야 호롱 모두를 가리키는 이름

호야는 벽에 걸고
호롱은 탁자에 올려
멀리 불빛 비치도록 하였던

호롱보다는 호야가 더 밝았으나
호야는 넘어져 등피 깨지기 일쑤이고
호롱은 넘어져 기름 쏟아지기 예사였던

놀라거나 두려워
눈이 휘둥그레지면
눈이 등잔만 하다고 일컬었던

전기에 뒤덮인 세상 됐어도
그을음 없는 알코올 연료로
여전히 쓰이고 있는

전깃불 없이 어찌 살았을까요?

백억 불 수출 천 불 소득 표어
학교 베람빡에 피 튀긴 듯 벌창이던
칠삼 년까지 소년 집 호야로 밤 밝혔고

사 홉 들이 소주병에
깔때기로 따른 석유
동네 기름집까지 심부름 다니던 소년

가끔은 타버린 심지
호야 해체해
아바이 궁핍마저 깨끗이 갈고

그을음 낀 호야 유리 등피
구멍 난 장갑으로
아바이 쓱쓱 아픔마저 닦으며 살았던

가끔 숙제하느라
호야불 켜고 있노라면
석유 닳으니 일찍 자라 아바이 눈치 주시던

빈궁이 아픔이었을까요?

겨울 어느 날 저녁
동생과 장난치다
그만 호야 유리 등피 깨먹었고

울 아바이 눈엔 쌍심지
울 엄니 눈엔 등잔
소년 가슴 새까맣게 타들던 심지

흠씬 욕지거리
오십 원 들고
호야 등피 사러 나선 길

안개 낀 데 먹구름 몰리듯
눈 내린 데 서리 더하듯
아뿔싸 돌부리에 걸려 곤두박이질

와자작 부서진 유리 조각 주워 들고
문 앞에 서서 오도 가도 못하는 몰골
울 엄니 화들짝 놀라면서도 아바이 몰래 오십 원

전깃불이 마냥 좋기만 했을까요?

이듬해 수해주택으로 이사
전기요금 이따금 밀릴지라도
삼십 촉 백열등은 눈이 부시고

나라 형편 따라
집안 낌새 펴니
재봉틀 다리미 차곡차곡 들이느라

호야 호롱 남포 등잔
언제 있었는지조차
까마득히 찬란했던 시간들

그런데
가슴에 남고
머리에 박힌 건

찬란한 전깃불 아니라
어둑어둑한 호야 호롱이니
우리 어찌된 일인 걸까요?

아무리 전깃불처럼 밝게 살고자 해도
사는 모습은 호야 호롱처럼 무시로 희붐하니
우리 어찌해야 좋은 걸까요?   2019. 10. 25.

_____

*베람빡(박)='바람벽'의 사투리

어머나(1)   – 울 엄니 141

여자들이 예상치 못한 일로
깜짝 놀라거나
끔찍한 느낌이 들 때 내는 소리

귀엽기도 하고
사랑스럽기도 하여
여자라면 누구나 내는 소리

기분에 따라
상황에 따라
소리가 달랐어요

어머

아주 화들짝 놀라면
단말마 비명으로
이렇게 외치기 일쑤였지요

어머나

탄복(嘆服)이 속 깊으면
느긋이 끄덕이며
이렇게 웅얼거리기 예사였고요

어머머

호들갑스러워
수다쟁이 기분에 따라
길이가 달라 달라졌죠

어머머머머머머머머

하지만 소년 어른되도록
울 엄니는
이런 말 못하는 줄 알았어요

고교 졸업하기까지
이런 소리 내는 걸
단 한 번 본 적이 없으니까

소년이 장가들어
서른두 살 되던 해
첫 손녀 마주하시고는 이렇게 이르셨죠

어머나

엄마도 그런 말 하시네
신기하다는 투로 중얼대자
울 엄니 눈 할기며 혀를 차셨어요

엄마는 여자 아니라더냐?

머리가 감전되는 줄 알았어요
환갑 넘기도록
힘든 시절 말 못하고 사셨음 깨쳤으니까

마음 다부지게 닫으시고는
이순 넘기도록
속내 안 드러내고 사셨음 알았으니까

울 엄니도 여자였어요

육 남매 먹이고 입히느라
감탄사 한 마디
뱉지 못하고 사셨지만

남편 일찌기 하늘 보내고
아들딸 모두 결혼시키고야
비로소 몸 마음 영혼 자유로워지셨지만

죄송할 따름입니다

우린 왜 이렇게
뒤늦게 알게 되는 걸까요?
사랑하는 이 떠나보내고야 헤아리게 되는 걸까요?

침묵 속에 숨이 멎도록 맺힌 아픔
스스로 치유하고 하늘 가시기까지
우린 왜 눈치조차 채지 못한 걸까요?

어머나

하늘에서 요즈막 울 엄니
이런 감탄사
저절로 쏟아내고 계시나요?

울 아들 기특하다
여기시고
그리 웃으시고 계시나요?

2019. 11. 12.

어머나(2) — 울 엄니 142

어머나

울 엄니는 이런 말
못 하시는 줄 알다가

평생 편히 이 탄사(嘆辭)
내뱉지 못 하고 사셨음 깨치는 찰나

속내 드러낼 수 있는 우리가
호사(豪奢)인 줄 비로소 알았습니다

에효

타들어가는 탄식
그게 유일한
울 엄니 탄사였으니까요

오늘도 여전히
접질린 호사 누리는 우리가
못내 서글플 따름입니다

어머나

2019. 11. 13.

비료부대

－ 울 엄니 143

온 나라가 온통 헐벗던 시절
땅 망가지는 줄 모르고
땅마다 맹하니 화학비료 뿌리다 보니

시답잖은 시골까지 으레
비닐로 만든 비료부대
두루 숱하게 넘쳐 났고

방수 효과 으뜸이던
비료부대야말로
요령껏 요긴하게 마련이었습니다

사시사철
비 오거나
눈 내리면

짚 촘촘히 엮어
어깨 허리 걸치던 도롱이나
머리에 쓰던 둥글넓적한 삿갓 대신해

비료부대 귀퉁이 비껴 잘라
우비 대신 머리 어깨에 걸쳐 쓰기 예사였어요

하지만 비료부대는
뭐니 뭐니 해도
한겨울 눈썰매에 제격

밭으로 개간된
완만한 야산에
하얀 눈 덮이면

비료부대 하나씩 들고
꼬맹이들 내남없이
산 중턱으로 치달았어요

비료부대 깔고 앉을 적
누가 이르지 않아도
저마다 제자리 알아서 척척

저학년 여학생은
야트막한 중턱에서
고학년 사내아이는 높다란 정상에서

비료부대 양 손으로 거머쥐고
갓난아기 기저귀 차듯
가랑이 사이로 올라타 당기면

거침없는 질주에 정신 아뜩하고
튀어 오르는 눈 파편
눈 뜨지 못 하리 만치 얼굴을 난타했습니다

활강(滑降) 도중 중간 지점에서
몸뚱이 방향 홱 틀어지면

뒤로 옆으로 사정없이 미끌어지다가

밭두렁에 걸리고
길섶에 치이어
우당탕 밭 뙈기에 널브러지기 일쑤

혼비백산(魂飛魄散) 뒹굴고도
허비적거리며 다시 정상에 올라
언제 그랬냐는 듯 신바람 나게 또 내달렸어요

그러다 급작스레 흥겨우면
누가 먼저 내려가는지
딱밤 맞기 내기 허술히 즐기며

두어 시간
눈 위에서 뒹굴고 나면
바짓가랑이로 눈물 줄줄 흐르고

홧홧한 빵모자 벗으면
깻잎처럼 달라붙은 머리에서
재건빵 찜통인 양 김이 모락거렸습니다

울 아바이 이승 뜨신 칠칠 년 늦겨울
중학교 이 학년 소년
세 여동생 이끌고 뒷동산에 올라

비료부대 차례로 태워주며
더불어 놀다가
느릿느릿 답답함에 홀로 타기를 서너 차례

입학 앞둔 막내 모습 보이지 않아
헐레벌떡 주위 살피며 귀가하니
울 엄니 눈에서 짙은 섬광 찌리릿 쏟아졌어요

한심한 녀석
동생들 놀아 주라니까?

순간 방심이 야기한
찰나 쾌락이 초래한
막내 여동생의 예기치 못한 부상

그나마 다행인 것은
밭에 처박힌 동생 크게 다치지 않아
혼자 걸어 엉엉거리며 집으로 갔다는 사실

형 누나 오빠가 동생 챙기던 칠공 년대
동생 소홀히 돌본 자책으로
다시는 비료부대에 곁눈질도 못 했어요

요새도
비료부대 타는데

딸 아이 말에 인터넷 뒤지니
향수 불러일으키는 비료부대 썰매
곳곳 눈썰매장에서 탈 수는 있었으나

고급 스키 장갑
요란한 목도리
두툼한 패딩 점퍼

중무장된 옷차림부터
부모들의
지나친 보호까지

과잉은
결핍에도 못 미치는
싱거움일 뿐인데 말입니다

2019. 11. 20.

병신 – 울 엄니 144

일구시장 앞 바닷가 동네
집에서 모래사장까지 스무 걸음 남짓
달려 나가 뛰어 놀기는 그만이었지만
일 년에 두세 차례
예고 없이 들이치는 너울파도는 공포

그 가난한 시절에도 정부는
재난 대비하자는 뜻으로
영랑호 인근 명신중학교 옆에
열두 평짜리 수재민 주택 지어
동네 열다섯 가구 일거에 이주시켰다

사학 년 소년 옮겨 간 주택은
십오 호 중에서
뒤란이 널찍한 사 호집
아바이 그물로 명태 잡는다고
이웃이 우리를 그물집이라 불렀듯

꼴뚜기 장사하던 집은 꼴뚜기네
안동에서 살다 온 집은 안동댁
엿 팔러 다니는 집은 엿장수네
마차로 짐 실어 나르는 집은 말집
집집마다 재미지고 독특한 별명 붙었다

앞으로 두어 집 건너 칠호 집 순자네
소년보다 서너 살 아래 순자

어릴 때 무슨 병 앓았는지
일어서 걷지 못하고
언제나 앉은뱅이로 기웃기웃 기어 다녔고

원체 가난한 탓에
홀아비 홀로 두고
순자 오빠 무작정 상경했다가
아바이 사망 사실도 모르고
뒤늦게 찾은 명절 날 대성통곡하였다

한글 해독 못하는 꼴뚜기네 아주머니
상형문자로 받을 돈 착착 기록하는

놀라운 장사 수완으로
동리서 가장 먼저 흑백텔레비전 들여 놓았고
꼬맹이들 오원 내고 철인이십팔호 즐겨 볼 적

어느 날이었던가
여남은 명 몰려들어 텔레비전 보던 중
오빠 기세 등에 업은 순자
자리다툼하다 터무니없는 강짜
뿔난 소년 대뜸 내뱉길 '병신 같은 게'

순간 순자 오빠 손바닥이
뒷덜미에 작열
화들짝 자빠지는 사이
동생 업고 순자 오빠 빠져 나가고
공몽한 소년 눈에 눈물만 그르렁 고였다

벌써 왔어?
낯빛은 왜 그래?

울 엄니 빤한 질문에
아무 일 아니라고
애써 외면하며
이부자리 펴고 누웠는데
이상하게 밤새도록 가슴이 울렁울렁

순자가 병신이어서 병신 같다고

지껄인 것은 아니었지만
본의 아니게 놀린 처지 되고 보니
누명 쓴 억울함이
썰물처럼 밀려들어 소년 괴롭혔다

중학교 갔다며
그래 어느 학교야?

얼마 뒤 소년 중학교 입학 앞둔
칠육 년 이 월 어느 일요일
교회 집사 아이들에게 이렇게 묻자
다들 속초중 설악중 외치는데
친구 하나가 외치길 '병신중'

병신중이라 함은
가난한 아이들이 입학해
검정고시로 고입 자격 따야 하는
소년 집 근처 비인가 명신중학교를
꼬맹이들이 함부로 깔아뭉개는 소리였다

멀쩡한 걸
병신이라고 하면 쓰겠냐?

울 엄니 말씀
곰곰 곱씹으면
병신이란 표현은

자존 드러내는 존엄한 잣대였다

병신이라고
함부로 소리치는 자는 자존 없음이요
병신이란 말에
허투루 발끈하는 자는 자존 무너졌음이니까

무릇 자존은
스스로 높임이니
함부로덤부로 병신 소리 뱉지 않고
병신 소리 들어도 가슴에 두지 않음이니까

몸이 불편한
이런 병신
저런 병신
그까짓 게 무슨 대수랴

병신인 줄도 모르고 깝치는
정작 얼빠진 병신에 어찌 비하랴
나야말로 병신 아니길
우리 그리 돌아보고 살아야 하지 않겠는가?   2019. 11. 22.

은행잎   - 울 엄니 145

이른 봄 움터
꽃 열매 피고 맺도록

언제 한 번 제 드러냄 없이
애오라지 뒤꼍에서 흔들리다가

노랗게 타오르기도 잠시
입동(立冬) 무서리에 져 버리고

앙상한 낭굿가지 아래
희붐한 잔향(殘香) 수수로이 감도니

어느 한 순간도 자신 도모 못하고
희생화(犧牲花)로 깃드신
울 엄니 거룩거룩한 정령(精靈)일진저

2018. 11. 9.

막걸리   - 울 엄니 146

이천 년 이상 긴 세월
우리나라 대표 술은
뭐니 뭐니 해도 막걸리

수로왕에게 제사 지내기 위해
요례(醪醴)를 빚었다는 삼국유사
요(醪)가 탁주로서 막걸리 첫 기록이라더라

삼국에서 조선 이르기까지
청주 탁주 소주 이화주 숱하게 빚었어도
시절 없이 서민 희롱한 것은 어쨌거나 막걸리

백칠 십여 종 다양한 술 잘 빚기로
중국 일본에 널리 알려진
배달민족은 가히 막걸리 민족이었더라

세수 늘리려고 주세법 주세령으로
허가받고 술 만들게 했던 일제강점기
민가에서는 여전히 몰래 빚어 막걸리 마셨고

해방 후 식량부족 해소하려던 정부
양곡관리법으로 쌀 막걸리 제조 금지해
육공칠공 년대는 밀 막걸리가 주종이었다더라

최근 높아진 건강 관심 반영해
알코올 도수 낮고 유산균 단백질 풍부한

고급 막걸리 곳곳에서 복원 잇따르고 있으나

근간 오십여 년은
소주 맥주에 사뭇 밀려
애호가들 뒤꼍 벗으로 자리잡았다더라

경월 진로 소주가 대중 술로 번지던
소년 국민학생 시절 칠공 년대
시골 어른들은 밀 막걸리에 해롱해롱 취했고

꼬맹이들은 주전자 들고
양조장 심부름
호기심에 홀짝거리다 희롱희롱 취하였더라

막걸리 좀 받아 오거라

아바이 소주에 진탕 취하면
외상 소주 사오라 술주정
울 엄니 눈 흘기며 손사래 치시고

시간 끌며 술 오르기 기다렸다가
갈피없이 헤매는 아들 불러
실향에 찌그러진 주전자 슬그머니 내미셨다

마시지 마

쌀뜨물 넣었어

맛이 부드럽구만 기래~

드가 한주걱자 더 받아와 라

두어 차례 심부름
홀짝거림 알아차리신 울 엄니
오 학년 아들에게 단단히 이르셔도

허기 채우는 들큼한 맛
어찌 홀짝대지 않을 수 있으랴
상엿집 옆 언덕길에서 주둥이 쪽쪽 빨았다

여기 내거라

주전자 뚜껑 열어
얼마나 마셨는지 확인하시고
희멀건 쌀뜨물 반쯤 담긴 용기에

막걸리 부어
주걱으로 휘휘 젓고는
주전자에 다시 담아 술상에 올리셨다

막걸리 드슈

자는 듯 조는 듯 기다리던 아바이
울 엄니 따라 주는
쌀뜨물 막걸리 한 대접 받아 드시고는

희끗거리는 턱수염에 대롱대롱 묻혀가며
콸콸 단숨에 들이켜고
손바닥으로 입 언저리 스윽 훔치고 퀭하니 웃으셨다

부드럽구만 기래

울 엄니 따르는 맹탕 막걸리
몇 대접 받아 마신 아바이
드르렁 코 골며 일찌감치 잠드시면

울 엄니 도와
설거지 그릇 부엌으로 내면서

남은 쌀뜨물 비우고 소년도 까무룩 잠에 들었다

술에는 장사가 없어

평생 술 한 잔 입에 대지 않으셨던 울 엄니
평소 술 마시지 않는 아들 향해
운명하시기까지 잘 한다고 이리 이르셨으나

소년 자라 서른 살 적
신문사 글쟁이 길 나서고 이제까지
아바이 뒤지지 않으리 만치 술 마시고 살았다

그 아비에 그 아들!

오십칠 년 구 개월
소년 아홉 달 뒤면
아바이 사신 생애 바로 그만큼의 시간

아바이 따라 아들
술 따라 넉넉 마셨으나
국록(國祿) 먹으라시던 뜻 어찌 따르리오

막걸리 한 사발 삼가 바치오이다

심부름 길에 주전자 주둥이 쪽쪽 빨던 추억 더듬어
쌀뜨물로 취기 다독이신 울 엄니 지혜 받들어

실향 아픔 속 아들 꿈 주신 아바이 뜻 추념하여

막걸리 고향 향한 그리움 담아
막걸리 대학 배움 정서 깃들여
막걸리 나라 사람 자랑 녹이어

울 엄니 울 아바이 울림
그 울창한 영전(靈前)에
막걸리 한 사발 삼가 바치오이다

2019. 12. 1.

가새

자르는 데 쓴다
옷감 종이 머리털 따위
날 세운 쇠꼽 두 개 교차시켜
가운데 쐐기 박은 쇠붙이로 날렵히

지렛대 원리
손잡이 쥐고
두 다리 벌렸다 오므리면
골고루 소르르 잘리게 마련

가위는 본디
경기도 일부 지역 말
가새는 본디
전국 팔도에서 쓰이던 말

국어학자 나부랭이들
자기들 쓰던 단어
슬그머니 국어사전에 올려
가위를 멋대로 표준어 삼고 말았다

소년 가새 첫 기억은
가위란 말 들어보지도 못한
국민학교 삼학 년
작은 형 어디선가 가져온 무쇠 가새

그물 깁느라 쓰던 보망칼이

부엌칼과 더불어
자르는 일 도맡던 시절
들이대면 뭐든 너끈 정교히 자르는 감격

신기했던 꼬맹이
철사 자르다 이빨 으깨자
핼쑥한 아바이
괜찮다 하시며 숫돌에 쓱쓱 갈아 내셨고

머쓱하고
쑥스러워
배시시 웃으며
소년 휘뚜루 받아 넘겼다

가새 가새
2 4 가새
2집 89
2 4 가새

꼬맹이들 심심하면 십육 절지에
숫자에 가새 집 그림 그려 넣고
'이사 가세' 놀이
퀴즈 알아맞히면서 건듯 어울렸고

훗날 공부하다 보니
양털 자르는데 사용했다는

기원 전 천 년
그리스 쇠 가새 유물을 시작으로

국내에서는
중국 영향 받은
분황사 석탑 출토 가새가
가장 오래된 것이라 하였다

코에서 삐져나온 털 자르는 코털 가새
이발소 머리 자르는 커트 가새
미용실 숱 치는 틴닝(thinning) 가새
지그재그로 종이 자르는 핑킹(pinking) 가새

가새 종류 마구 늘어날 적
냉면이나 고기 잘라 먹는 식탁 가새는
구십 년대 시작된 우리나라만의 문화
처음 보는 외국인들 휘둥그레 기겁하기 일쑤

두 날 벌어진 가새
그 사이에 그려진 빨간 고추
소변금지 경고문에
걸핏하면 등장하는 그림이요

철거덕거리는 엿장수 가새
등장 알리는 근사한 악기로
엿 떼어낼 때 쓰는 망치로
칠공 년대 꼬맹이들 침 줄줄 흘리게 했다

가새 가새
2 4 가새
2집 89
2 4 가새

가새 가새
2 4 가새
새 집 49
2 4 가새

가새 그만 버려야겠다
팔 이 집도 없고 살 새 집도 없으니
이 집 저 집으로 이사 다녀야 하니
이사 가세 노래한들 소용에 닿을 바 없으니 말이다

2019. 12. 6.

절편 - 울 엄니 148

떡 하면 떡 하니
누구나 알 듯해도
알록달록 알쏭달쏭한 떡

흔히 익숙한 떡은
절편 송편 인절미
시루떡 설기떡 찹쌀떡

쑥 취 모시 재료에 따라
찌고 삶는 제조법에 따라
종류 수십 수백 가지에 이르렀으나

칠공 년대 명절 전날
집집마다 거리마다
쫄깃쫄깃한 절편 추억이 아롱졌다

차례 오면
저 통에 쌀 부어라

넉넉하면 한 말 궁하면 반 말
멥쌀 불려 문화방앗간 가면
구불구불 늘어선 양은다라이 긴 행렬

열 살 소년에게 빻는 일 맡기고
포대기로 동생 업은 울 엄니
허정허정 다른 일 보러 가시고

순번 오기까지 촘촘히 자리 옮기다
통에 털어 넣고 다라이 받치면
싸라기 눈 같은 쌀가루 소르르 흘러내렸다

사내아이가
어쩜 그리 잘 하누

나무로 만든 떡 찜통에
쌀가루 눈치껏 들이부으니
아주마이들 두런두런 칭찬하셨고

모락모락 하얀 김
떡 찌는 내내 풍기는 낌새
배에선 꼬르륵 아우성 풍풍히 번졌고

소년이 다라이 지키는 건지
다라이가 소년 지키는 건지
군침 삼키는 소리 그예 방앗간을 삼켰다

푸더덩텅 푸덩텅
철커덩덩 철커덩

발동기 양쪽 거대한 쇠바퀴
풍차처럼 돌면
피대로 연결된 기다란 쇠막대 따라 돌고

쇠막대에 이어진 크고 작은 쇠바퀴
곳곳에 걸린 피대 따라
소년 눈동자도 빙글빙글 돌고

어느새 돌아오신 울 엄니
다 익은 쌀가루 받아
절편 기계 앞에 줄지어 앉으셨다

물 튄다
뒤로 물러 나

방앗간 아저씨
시루떡 같은 쌀가루
절굿공이로 으깨면서 구멍에 밀어 넣으시고

납작하고 기다란 절편
쑥쑥 삐져나오면
울 엄니 손놀림 바빠지기 시작

어른 팔뚝만한 길이
손으로 냉큼 잘라
찬 물 수북이 담긴 다라이에 잇따라 투하

적당히 식으면 다라이에 차곡차곡
붙지 않도록 참기름 발라 쟁이면
마침내 맛깔스러운 절편이 갈무리됐다

오늘은 떡이 맛있네
간도 좋고 물도 좋고

마지막으로 나오는 절편 조각
찬물에 호르르 식히고는
한 점 떼어 소년 입에 넣어 주시고

다른 한 점 베어 물고
요모조모로 맛 살피며 고개 끄덕이시고는
똬리 끈 물고 다라이 얹어 집으로 휘적휘적

절편은 소금 간이 맞아야 한다며
절편은 물기 잘 맞춰야 쫀득쫀득하다며
호젓한 오솔길 걸으며 찬찬히 일러주셨다

떡 하나 주면 안 잡아먹지
그 떡은 틀림없이 절편일 게다

해와 달이 된 오누이
울 엄니 막내 여동생에게
전래동화 들려주시며 말씀하셨다

떡 이름 등장하지 않으니
무슨 떡인지 알 수 없어도
얼추 절편이라 여길 수 있음은

가장 흔한 탓이기도 하거니와
꾸밈없이 담백하여
허물없이 친숙한 까닭이리라

잠시 헤아리면 절편은
오징어 명태 같은 떡이다

맑고 깨끗한 동해에서 자라
깔끔하고 말끔한 맛
기름지지 않아 느끼하지 않은 맛

산뜻 말쑥 담박 담담
그리 살라 일깨우는
오징어 명태 같은 떡이다

2019. 12. 16.

사회과부도(社會科附圖)　　　- 울 엄니 149

소년 국민학교 이 학년 당시
하굣길에 부자 친구 집에 들러
두어 시간 놀다 귀가하는 경우 잦았어요

나는 새도 떨어뜨린다는 헌병 상사
그를 아비로 둔 친구 엄한진
그 집에 들러 노는 게 으뜸 재미졌던 건

사회과부도 펼쳐 놓고
친구와 벌이는
지명 찾기와 수도 이름 맞히기 경쟁 때문

맨 처음 놀러 갔던 날
전교 일 등 하던 친구에게
꼼짝 못하고 백전백패(百戰百敗)했어요

집에 사회과부도 있어요?

시근벌떡 달려가
울 엄니께 다그치듯 여쭈니
윗방 보따리에서 한 권 꺼내 주시고

누렇게 빛바랜 표지
요모조모 살피니
육 년 전 작은 형이 쓰던 거라 하셨어요

말레이시아 쿠알라룸푸르
몽고 울란바토르
일본 도쿄

아시아 국가 수도 암기 도전
사흘 뒤 하굣길에 승리하니
친구 씩씩대며 지명 찾기 고집했어요

웬일로 열심히 공부하니?

셀 수조차 없이 많은 지명
어찌 외워야 할지 몰라
강원도 도시 이름부터 암기를 시작

이튿날 경합 벌일 적
실력 비등비등하다가
경기도 지명에서 대패(大敗)

수원 안양 용인 김포
경기도 도시 모두 암기해 가면

이번에는 충청도 하자고 강짜 부리기

그렇게 시작된 시군 지명 찾기 공부 덕에
그로부터 일 년 뒤에는
도시 이름만 대면 척척 알아맞히게 되었지요

사회과부도는 사지 마라

소년 삼 학년 올라
학교에 교과서 대금 낼 적
땅 모양 바뀔 리 없다며 울 엄니 이르셨고

실제 중학교 졸업할 때까지
사회과부도 학교 가져간 적 없이
책꽂이에 깨끗이 꽂아 잠재우다가

때로는 딱지로
때로는 비행기로
쓸모없이 소모했으나

다만 고등학생 시절
지리 역사 공부할 적
쓰는 법 알아 적잖은 보탬 되었어요

고등학생 실력이 평생 실력이다

강물같이 세월 흐르고
삼 학년 담임 말씀
문뜩 떠올리니 가히 지당하였지요

고교 졸업하고 나면
대학에서는 전공분야 외엔 두루 망각하고
직장에서는 쓰지 않아 까마득히 잊히니까요

다만 글쟁이로 사느라
쓰고자 하는 어휘
개념 파악 애쓴 결과

뜻 모르고 흘려보낸
저간 시간들이
안타까이 다가왔어요

얼마나 좋았을까요

뜻도 모르던 사회과부도라는 말
사회 과목 공부에 도움 되는
지도나 도표라는 뜻 진작 알았더라면....

역사 지리 공부하면서
사회과부도 찾아가며
열성으로 부지런히 미리 활용했더라면....

어찌 알았을까요

'말레이지아'가 '말레이시아'로 바뀌고
'몽고 울란바토로'가 '몽골 울란바토르'가 되고
'도오쿄오'가 '도쿄'로 변할 줄....

울 엄니 상식 부수고
서해 매립으로
땅 모양까지 달라질 줄....

사회과부도는 꿈이었어요

봉정사 탄금대 남한산성
꼬맹이 지명 맞히던 곳
여행하듯 한 번쯤 반드시 가 보리라던....

도쿄 베이징 자카르타
꼬맹이 수도 맞히던 곳

콜럼버스 아메리카 발견하듯 떠나리라던....

꿈을 좇던 어느 날 돌연 깨쳤어요

걸어간 내 자취가
이미 누군가에게
지도가 되고 있다는 걸

걸어갈 내 형적(形跡)이
앞으로 누군가에게
사회과부도가 되리라는 걸

크든 작든
그걸 나침반 삼아
새로운 길 뚜벅뚜벅 개척하리라는 걸

그리고 그것이
오늘도 잠시 잠깐
시간을 다독이며 걷는 까닭이라는 걸

2019. 12. 18.

────────────

*형적(形跡)=형상과 자취

구타

몇 차례 있었다
울 엄니 향한
아바이 우악스러운 구타

그때마다 울 엄니
머리 풀어 헤치고
며칠을 끙끙 앓으셨다

늘 그런 낌새만 느끼다가
세상 뜨기 두 해 전
술 취해 벌이는 아바이 구타 보아

다가가 맞선 육 학년 꼬맹이
아바이 손짓에
비틀거리면서도 그악히 지절댔다

너무 그러지 마라
아바이 얼마나 아팠겠니?

몸져눕고도
아바이 향한 비호
마뜩찮은 소년 어금니만 깨물었다

북녘에 두고 온

엄마와 두 자식
아바이 두고두고 그 아픔 때문이라고

너희들 있어
엄마는 괜찮다며
아들 어깨 토닥였으나

죽도록 싫어
기꺼이 받아들이지 못하고
꺼이꺼이 몸으로 흐느껴야 했다

때리던 남편 갔으니
필경 울지도 않으리라

아바이 세상 뜬
칠칠 년 한글날 새벽 네 시
시작된 울 엄니 통곡 발인까지 사흘 내내

문상 온 이웃들
자식들 밥도 안 해주고 운다며
은밀히 핀잔주어도 곡소리만 우렁찼다

아바이 얼마나 아팠겠니
너희들이 있어
엄마는 괜찮다~

자신 구타한 남편 죽음 두고
왜 울고 있는지
줄곧 헤아리지 못하던 소년

고운 정 미운 정
허투루 다루지 않고
소중히 여기던 울 엄니 마음 듬쑥 알았다

하늘이 내게
널 보내주었구나

그로부터 칠 년
울 엄니 뜻 받자와
신학교 진학하던 날

아들 떠나보내며
따사로운 웃음 속
등 비비며 쓰다듬으셨고

아들들 자라면
하나둘 예외 없이
떠나보내는 울 엄니 서글픔

기다란 서한에 녹여 띄우니
울 엄니 격정에 사흘 내내
끄억끄억 목 놓아 흐느끼셨다

그저 나날이
송구하오이다

육십육 세 울 엄니
별안간 하늘가시고
이승에 남은 건 자식 향한 곡진한 기도

소년 반백 되도록
곁에서 옹위(擁衛)하였으되
차마 그리 살지 못한 자의 회한이여!

지난 시간을 불러들여
사뭇 애달피
스스로를 구타할 따름입니다

아바이 아픔에
울 엄니 염원 보태
스스로를 구타할 따름입니다

2019. 12. 19.

울엄니 3

1판 1쇄 발행 / 2024년/12월/30일
저자 | 신상득
그림 | 조영길 화백
캘리그라피 | 운암 임제철 서예가
발행처 | 신세림
　　　(E-mail : shinselim72@hanmail.net　shinselim@naver.com)
주소 | 04559 서울특별시 중구 퇴계로49길 14, 충무로엘크루메트로시티2차 1동 720호
전화 | 02-2264-1972
팩스 | 02-2264-1973
디자인 편집 | 신세림
제본 | 주식회사 한주

정가　30,000원

ISBN:978-89-5800-278-9, 03810